suhrkamp taschenbuch 2719

An einem stürmischen Nachmittag des Jahres 1875 finden sich im Haus eines pensionierten Kapitäns sechs Personen zu einer spiritistischen Sitzung zusammen. Mit am Tisch sitzt Emily Jesse, die über den Verlust ihres einstigen Bräutigams Arthur Hallam nie hinweggekommen ist. Dafür hatte nicht zuletzt ihr inzwischen gefeierter Bruder Alfred Tennyson gesorgt, der zu Lebzeiten Arthur Hallams ihr eifersüchtiger Nebenbuhler um die Zuneigung des geliebten Freundes gewesen war. Auf der Suche nach ihrer verlorenen Jugendliebe war sie in den Bann des Spiritismus geraten. Als ihr der vermeintliche Geist des längst Verblichenen eines Tages mitteilt, er werde mit ihr im Jenseits vereint sein, ein »ehelicher Engel« sozusagen, gewinnt sie einen neuen Glauben ganz anderer Art.

Mit unnachahmlicher Erzählkunst verbindet Antonia S. Byatt auch hier, wie schon in ihrem Erfolgsroman *Besessen*, die dichterische Welt Alfred Tennysons und englisches Alltagsleben zu einem Prosakunstwerk, ernsthaft und ironisch, witzig und geheimnisvoll zugleich.

Antonia S. Byatt, geboren 1936, veröffentlichte zahlreiche Romane, Erzählungen und Essays. Für den Roman *Besessen* (suhrkamp taschenbuch 2376) erhielt sie u. a. den Booker Prize. Außerdem sind in den Verlagen Insel und Suhrkamp von ihr erschienen: *Die Verwandlung des Schmetterlings (Morpho Eugenia)* (1994); *Geisterbeschwörung*, Roman; *Die Geschichte von der ältesten Prinzessin* und andere Märchen, *Zucker* (alle 1995) und *Erzählungen um Matisse* (1996).

Antonia S. Byatt
Geisterbeschwörung

Roman

Aus dem Englischen von
Melanie Walz

Suhrkamp

Originaltitel: *The Conjugial Angel*
London: Chatto & Windus 1992

Umschlag: John Roddam Spencer-Stanhope,
Love and the Maiden (Ausschnitt)

suhrkamp taschenbuch 2719
Erste Auflage 1997

Druck: Ebner Ulm
Printed in Germany
Umschlag nach Entwürfen von
Willy Fleckhaus und Rolf Staudt

1 2 3 4 5 6 – 02 01 00 99 98 97

Geisterbeschwörung

I

Lilias Papagay war von ungemein intensiver Vorstellungskraft. Diese Eigenschaft war in ihrem Metier zwar erforderlich, aber nicht willkommen, und sie mußte beherrscht und gezügelt werden. Sophy Sheekhy, die die unirdischen Besucher mit eigenen Augen sah und mit eigenen Ohren vernahm, wirkte auf den ersten Blick nüchterner und prosaischer. Genau das machte sie zu einem guten Gespann, wie Mrs. Papagay intuitiv erfaßt hatte, als ihre Nachbarin Mrs. Pope hysterische Anfälle bekam, weil sie hörte, wie das neue Kindermädchen sich mit Cousine Gertrude und ihrem kleinen Sohn Tobias unterhielt, die beide vor langen Jahren ertrunken waren. Sophy Sheekhy sagte, sie hätten am Tisch im Kinderzimmer gesessen und ihre Kleidung hätte etwas nach Salzwasser gerochen, obwohl sie sauber und trocken anzusehen gewesen sei. Sie hatten gefragt, wo die Standuhr geblieben sei, die in einer Ecke des Kinderzimmers gestanden hatte. Tobias hatte immer so gern beobachtet, wie die fröhlichen Gesichter von Sonne und Mond einander auf dem Zifferblatt folgten. Mrs. Pope, die die Uhr verkauft hatte, wollte nichts weiter von solchen Dingen hören. Mrs. Papagay bot der ehrbaren und unscheinbaren Miss Sheekhy ihr Haus als Zuflucht an, und Miss Sheekhy packte ihre spärliche Habe und zog zu ihr. Mrs. Papagay war selbst nie über das automatische Schreiben hinausgelangt, dessen Manifestationen allerdings äußerst umfangreich waren, aber sie glaubte an Sophy Sheekhys übernatürliche Kräfte. Von Zeit zu Zeit bewirkte sie Staunen und Verwunderung, aber nicht oft, doch die Spärlichkeit der Manifestationen war der beste Beweis ihrer Authentizität.

An einem stürmischen Spätnachmittag des Jahres 1875

wanderten sie die Strandpromenade in Margate entlang, um sich bei einer Seance im Haus von Mrs. Jesse einzufinden. Lilias Papagay, ein paar Schritte vor ihrer Gefährtin, trug ein Seidenkleid mit volantbesetzter Schleppe von der Farbe dunklen Weins und einen Hut, den düster schimmernde Federn beschatteten, jettschwarz, smaragdgesprenkelt, glitzerndes Libellenblau und Ultramarin, runde Schulterteile kopfloser Schwingen und kecke Schwanzfedern, die an die Flügel erinnerten, die auf alten Gemälden an Hut und Fersen des Gottes Hermes flattern. Sophy Sheekhy trug ein taubengraues Wollkleid mit weißem Kragen und hielt einen praktischen schwarzen Regenschirm in der Hand.

Auf dem grauen Wasser ging die Sonne unter, eine große dämmerige rosenfarbene Scheibe, rosig wie ein frisches Brandmal, umfangen von rötlichgoldenem Licht, das zwischen den stahlgrauen Wolken entströmte wie Feuerschein aus einem blankgeputzten Kaminrost.

»Sehen Sie nur«, sagte Lilias Papagay und streckte gebieterisch eine behandschuhte Hand aus. »Sehen Sie den Engel nicht? Mit einer Wolke bekleidet und mit einem Regenbogen auf dem Kopf, und sein Antlitz sieht aus wie die Sonne, und seine Füße sind Säulen von Feuer. Und in der Hand hält er ein offenes Buch.«

Sie sah seine umwölkten Muskeln und Sehnen, die das Meer überspannten; sie sah sein erhitztes rotes Gesicht und seine glühenden Füße. Sie wußte, daß sie sich abmühte. Sie wünschte sich so sehr zu sehen, wie die unsichtbaren Himmelsbewohner schwebend ihren Verrichtungen nachgingen, wie Flügel die gefiederte Luft verdunkelten. Sie wußte, daß jene Welt das Diesseits durchdrang und durchtränkte, das langweilige, anständige Margate so gut wie Stonehenge oder Saint Paul's. Sophy Sheekhy erwiderte, daß der Sonnenuntergang in der Tat fesselnd zu betrachten sei. Eines der feurigen Beine des Engels flackerte und dehnte sich, so daß unvermutet rosige Tupfer auf dem bleiernen Wasser aufschienen. Der unförmige graue Körper des Engels, von Gold umkränzt, schwankte und krümmte sich. »Ich bin es nie müde, Sonnenuntergänge zu betrachten«, sagte Sophy Sheekhy. Sie hatte ein blasses Vollmondgesicht, das leicht von Pockennarben gezeichnet und stellenweise mit Sommersprossen gesprenkelt war. Sie hatte eine hohe Stirn und einen großen, farblosen Mund, dessen Lippen für gewöhnlich so still beieinanderlagen wie ihre gefalteten Hände. Die Wimpern ihrer Augen waren lang, seidig und beinahe unsichtbar; ihre geäderten Ohren lugten ein wenig unter den schweren Fittichen heufarbenen Haars hervor. Es hätte sie nicht weiter erstaunt zu erfahren, daß Sonne und Mond für die Wahrnehmung des menschlichen Auges konstante Größen sind, denen es erträgliche Dimensionen verleiht, etwa der Größe einer Guinee vergleichbar. Mrs. Papagay hingegen hätte wie William Blake eine unermeßliche Menge himmlischer Heerscharen erahnt, welche riefen: »Heilig, heilig, heilig ist Gott der Herr«, oder sie hätte wie Emanuel Swedenborg große Verbände himmlischer Wesen wie flammende Welten durch das All schweben sehen. Zeternde Möwen versuchten einander in der Luft einen Brocken Beute abzujagen; sie flogen kreischend und flügelschlagend miteinander hoch, während Mrs. Papagays Engel verblaßte und schmolz. Seine letzten Lichtstrahlen überzogen Sophys weißes Gesicht mit einer unerwarteten Röte. Sie beschleunigten den Schritt. Mrs. Papagay war immer pünktlich.

Der übliche Personenkreis hatte sich in Mrs. Jesses Salon versammelt. Es war kein behaglicher Raum; auf Behaglichkeit verstand Mrs. Jesse sich nicht; es war ein wenig staubig, die Politur der Möbel war angekratzt, die Spitzenvorhänge waren etwas schäbig. In Schränken mit Glastüren gab es zahlreiche Bücher zu sehen, und Stein- und Muschelsammlungen verstaubten in ihren Behältnissen. Auf der Fensterbank stand ein blitzblank geputztes Messingteleskop; verschiedene andere nautische Instrumente – ein Sextant, ein Chronometer und Kompasse – befanden sich in einem eigenen Schrank. Außerdem konnte man Kapitän Jesses Médaille de Sauvetage en Or bestaunen, blitzend auf karmesinrotem Samt, die Napoleon III. eigens für ihn hatte schlagen lassen, und die Silbermedaille der Royal Human Society, die wie eine tellergroße Mondscheibe aussah. Beide Auszeichnungen waren dem Kapitän nach Antritt seines Ruhestands in Margate verliehen worden, wo er nicht weniger als dreimal das fehlende Rettungsboot ersetzt, Fischer zusammengerufen, ein Boot zu Wasser gelassen und es eigenhändig gesteuert hatte, um Schiffen zu Hilfe zu kommen, die in Sturm und Seegang zu sinken drohten. Jedes dieser Male hatte er die gesamte Schiffsmannschaft gerettet, eine französische, eine englische und eine spanische Mannschaft. Das war gewesen, bevor Mrs. Papagay ihn kennengelernt hatte, doch sie wurde nie müde, sich den Hergang dieser äußerst sachlichen und äußerst romantischen Rettungsaktionen schildern zu lassen. Sie sah alles vor sich, sie durchlebte alles, die aufgewühlten Wasser mit ihren prasselnden Schaumkronen und den heulend hereinbrechenden Wogen, das Tosen und Pfeifen des Sturmwinds, die Sterne, die zwischen den dahinjagenden Sturmwolken aufblinkten, die Laternen, die in der rasenden Schwärze so schwach wie Glühwürmchen leuchteten, die Unerschütterlichkeit Kapitän Jesses, der mit sicherer Hand nasse Taue verknotete, über schwankende, glitschige Decks kletterte, eine überschwemmte Treppe zu einer Kabine hinunterstieg, in der das Wasser gurgelte und schäumte, um den kleinen französischen Schiffsjungen zu retten, dessen schmächtige, halb bewußtlose Gestalt er sorgsam mit dem eigenen Rettungsgürtel umhüllte, obwohl er – wie so viele Kapitäne – selbst des Schwimmens unkundig war. »Richard kennt keine Furcht«, sagte Mrs. Jesse mit ihrer kräftigen, tönenden Stimme, und der Kapitän nickte dann schüchtern und brummte, die Natur habe diese Eigenschaft bei ihm offenbar vergessen, er tue immer das, was er für richtig halte, ohne sich weiter Gedanken zu machen, er zweifle nicht daran, daß die Furcht an sich eine nützliche Sache sei, aber bei ihm habe die Natur sie offenbar vergessen, und deshalb sei seine Furchtlosigkeit kein Verdienst, denn wahrer Mut sei nur möglich, wenn man Furcht empfinden könne, während es ihm ergehe wie dem Prinzen in dem Märchen, welches Märchen, darauf könne er sich nicht besinnen, und wie dieser Prinz wisse er einfach nicht, was Furcht sei, obgleich er ihr Wirken bei anderen erlebt haben mußte, wenn er es recht bedenke, was er vielleicht nicht oft genug tue, ja, er denke nicht genug nach. Kapitän Jesse redete viel und umständlich, was man von einem so ernsten Mann der Tat nicht erwartete.

Groß und aufrecht stand er vor dem Kaminsims, mit weißem Haar und weißem Vollbart, und unterhielt sich mit Mr. Hawke, der eine Vielzahl von Funktionen ausübte – er war Geistlicher in der Kirche des Neuen Jerusalem, Herausgeber des *Spirituellen Wegweisers*, Inspektor der Seemannswohlfahrt und Mitbetreiber der abendlichen Versammlungen. Mit seinem Namensvetter, dem Raubvogel, hatte er keinerlei Ähnlichkeit; er war klein und ließ Mrs. Papagay an einen Apfel denken mit seinem kugelrunden Bauch und den runden, rotglänzenden Wangen, über denen rötliche Haarbüschel eine rosaschimmernde Glatze einrahmten. Sie schätzte ihn auf Mitte Fünfzig und vermutete, daß er ledig war. Mr. Hawke gehörte wie Kapitän Jesse zum Schlag derer, die endlose Gespräche führen können, ohne allzuviel Aufmerksamkeit auf die Worte des anderen zu verwenden. Mr. Hawke war ein Liebhaber der Theologie. Er war Ritualist, Methodist, Quäker und Baptist gewesen und hatte zuletzt bis auf weiteres oder für immer im Schoß der Kirche des Neuen Jerusalem Zuflucht gefunden, die im Jahre 1787 das Licht der geistlichen Welt erblickte, nachdem die alten Kirchen in ihre Endzeit gekommen waren und der Kolumbus des Spirituellen, Emanuel Swedenborg, seine Entdeckungsfahrten durch die Himmel und Höllen des Universums gemacht hatte; sie hatten sich ihm in Form eines *homo maximus* geoffenbart, der sich aus allem zusammensetzte, was es an Spirituellem und Materiellem gab.

Kapitän Jesse und Mr. Hawke tranken Tee. Kapitän Jesse sprach über den Teeanbau auf den Berghängen Ceylons und beschrieb den Tee, den er dort getrunken hatte, als »so aromatisch und *frisch*, Sir, wie hierzulande ein Aufguß von Himbeerblättern schmecken würde, während Tee, der in bleigefütterten Kisten befördert wird, immer einen *muffigen* Beigeschmack hat, jedenfalls für jene, die ihn dort zu kosten bekommen haben, wo er angebaut wird und wo man ihn aus kleinen Tonschalen trinkt, nicht größer als dieses Salzfaß, und dort schmeckt er nach dem *Erdboden*, Sir, und nach dem Sonnenlicht, ein wahrer Nektar«. Mr. Hawke sprach gleichzeitig von Swedenborgs übermäßigem Kaffeegenuß, dessen schädlichen Auswirkungen manche Geister eher schäbigen Zuschnitts seine Visionen zugeschrieben hatten.

»Denn Kaffee bewirkt bei einem Menschen reiner Wesensart, so heißt es, Erregbarkeit, Schlaflosigkeit, gesteigerte Tätigkeit des Geistes und der Einbildungskraft sowie die ungewöhnlichsten Visionen – und obendrein Redseligkeit. Diese Auswirkungen des Kaffees will ich nicht in Abrede stellen, habe ich sie doch selbst beobachtet. Aber nur ein medizinischer Krämergeist vermöchte die *Arcana* oder das *Diarium* aus einer Kaffeekanne fließen zu lassen, wenngleich ein Quentchen Wahrheit sich darin verbergen mag. Gott schuf die Welt und alles darauf und somit auch den Kaffeestrauch und die Kaffeebohne, wenn ich es recht sehe. Sollte der Kaffee zum Hellsehen verleiten, so wüßte ich nicht, inwiefern das Mittel dem Zweck abträglich sein könnte. Gewiß sind Hellseher nicht weniger natürlich beschaffen als Kristalle, und es fehlt ihnen keine Substanz, die für ihr Sein vonnöten ist. Wir leben in materialistischen Zeiten, Kapitän Jesse – mit Ausnahme der Metaphysik gibt es keinen Bereich mehr, in dem etwas aus nichts entstehen könnte. Wenn die Visionen als Visionen taugen, dann, so glaube ich, taugt auch ihr materieller Ursprung als Materie. Sollen die Visionen den Kaffee kritisieren und umgekehrt.«

»Ich habe erlebt, daß grüner Tee Visionen ausgelöst hat«, erwiderte Kapitän Jesse. »Wir hatten einen ostindischen Matrosen, der regelmäßig Dämonen in der Takelage sah, bis einer seiner Gefährten ihn dazu bewegen konnte, die Menge grünen Tees, die er zu sich nahm, zu beschränken.«

Mrs. Papagay trat zu Mrs. Jesse, die neben Mrs. Hearnshaw auf dem Sofa saß und Tee in Tassen ausschenkte, auf denen Girlanden aus fetten Rosenknospen und bunten Vergißmeinnicht prangten. Mrs. Hearnshaw war in tiefe Trauer gekleidet, schwarze Seide und eine schwarze Spitzenhaube auf ihrem üppigen kastanienbraunen Haar; ein großes Ebenholzmedaillon hing an einer Kette aus geschnitzten Jettgliedern auf ihren vollen Busen. Sie hatte gesunde, helle Haut und klare, hellbraune Augen, doch bläuliche Schatten umrandeten die Augen, und ihr Mund war verkniffen und nach unten gezogen. Sie hatte erst vor kurzem die fünfte kleine Amy Hearnshaw innerhalb von sieben Jahren beerdigt – die kurzen Leben der Mädchen hatten drei Wochen bis elf Monate gewährt, und der einzige Überlebende war der kleine Jacob, ein kränkelnder hübscher Dreijähriger. Mr. Hearnshaw erlaubte Mrs. Hearnshaw, an den Seancen teilzunehmen, wollte aber nicht selbst kommen. Er war Direktor einer kleinen Schule und hegte unverrückbare christliche Glaubenssätze düsterer Natur. Er war davon überzeugt, daß die Tode seiner Töchter Heimsuchungen Gottes waren zu dem Zweck, ihn auf die Probe zu stellen und ihn für seinen ungenügenden Glauben zu strafen. Er ging jedoch nicht so weit, verlautbaren zu lassen, daß an den spiritistischen Umtrieben etwas Unchristliches oder Unpassendes sei – schließlich herrschte auf den Seiten des Alten und des Neuen Testaments kein Mangel an Engeln und Geistern. Mrs. Papagay vermutete, daß er seiner Frau den Besuch der Seancen erlaubte, weil ihm sonst die übermächtige Gewalt ihres Kummers unerträglich und peinlich gewesen wäre. Von Natur aus und von Berufs wegen neigte er dazu, niemals übertriebene Gefühle zur Schau zu stellen. Konnte Annie Trost finden, wäre es um sein Heim friedlicher bestellt. So zumindest stellte sich Mrs. Papagay seine Gedanken vor, denn sie liebte es, aus den spärlichen Fäden von Blicken, Wörtern und Empfindungen Geschichten zu weben.

Mrs. Papagay liebte Geschichten. Sie spann sie aus dem Garn von Klatsch und Beobachtungen; sie unterhielt sich damit des nachts und auf der Straße; sie war unablässig versucht, sich beim Geplauder zu weit vorzuwagen, um im Austausch die Schätze anderer Lebensgeschichten, anderer Verkettungen von Ursache und Wirkung zu erhalten. Als sie sich als mittellose Witwe wiedergefunden hatte, war ihr der Gedanke gekommen, zum Broterwerb Geschichten zu schreiben, aber ihre sprachlichen Fertigkeiten waren dem nicht gewachsen, oder sie scheute davor zurück, die Feder anzusetzen, um mit Vorbedacht für ein Publikum zu schreiben – was auch der Grund sein mochte, alles, was sie schrieb, fiel gestelzt aus, süßlich und albern, nicht einmal den eigenen Wünschen Genüge tuend, von denen eines anonymen Lesers ganz zu schweigen. (Mit dem automatischen Schreiben verhielt es sich anders.) Mr. Papagay, einen Handelsschiffskapitän mischblütiger Herkunft, hatte sie geheiratet, weil er sie, wie Othello seine Desdemona, mit Erzählungen von seinen Taten und gefahrvollen Abenteuern in fernen Landstrichen bezaubert hatte. Er war vor zehn Jahren in der Antarktis oder einer ähnlichen Gegend ertrunken – zumindest nahm sie dies an, da weder die *Calypso* noch irgendein Besatzungsmitglied seither je wieder erblickt worden war. Ihre erste Seance hatte sie in der Tat aus dem Wunsch heraus besucht, festzustellen, ob sie nun Witwe war oder nicht, und sie hatte – wie oft in solchen Fällen – eine mehrdeutige Antwort erhalten. Das betreffende Medium, eine Amateurin, die von der Entdekkung ihrer Fähigkeiten noch ganz berauscht war, hatte eine Botschaft Arturo Papagays diktiert, den es mittels seines schwarzen lockigen Haars, seines Goldzahns und des Karneols an seinem Siegelring identifizierte; die Botschaft besagte, man möge seinem herzallerliebsten Schatz ausrichten, daß er Frieden gefunden habe und sie bitte, ebenso ruhig und froh zu sein, wie er es nun sei, daß die Zeit nicht mehr fern sei, da der alte Himmel und die alte Erde vergehen würden und es kein Meer geben und Gott alle Tränen trocknen würde.

Mrs. Papagay war nicht so recht davon überzeugt, daß diese Botschaft von Arturo stammte, dessen Liebesbeweises knapper, direkter und ungehöriger gewesen waren und der in einer Welt, in der es kein Meer gab, ganz gewiß kein beschauliches Glück hätte genießen können. Arturo mußte rastlos tätig sein, und das Meer zog ihn an wie ein Magnet mit seinem Geruch, seinem Atem, seiner unbeständigen, gefährlichen Masse, die sich unablässig wälzte und hinabstürzte. Als Mrs. Papagay es zum erstenmal selbst mit dem automatischen Schreiben versuchte, erhielt sie, wie ihr scheinen wollte, Botschaften, die wirklich von Arturo kamen, dem einstigen oder jetzigen Arturo, lebendig oder tot, in Seetang oder in ihr Gedächtnis gebettet. Ihre ehrbaren Finger schrieben Verwünschungen in Sprachen nieder, die sie nicht kannte und die übersetzen zu lassen sie keinen Versuch unternahm, da sie im ungefähren recht wohl wußte, was die *f* und *con* und *cun* bedeuteten, Arturos private Worte des Zorns, aber auch Arturos private Worte des Liebesgenusses. Sie sagte träumerisch. »Ach, Arturo, bist du tot, oder lebst du?«, und die Antwort lautete: »Nautilus nasse Lust Muscheltang Sand Sand Sand brechen Brecher c.f.f.c. Lilias naß infin che'l mar fu sopra noi richiuso.«

Woraus sie schloß, daß er aller Wahrscheinlichkeit nach ertrunken war, nicht ohne sich heftig gewehrt zu haben. Folglich legte sie Trauerkleidung an, nahm zwei Untermieter ins Haus, versuchte sich an einem Roman und richtete sich allmählich im automatischen Schreiben ein.

Nach und nach hatte sie Zugang zur Gemeinschaft jener gefunden, die es danach verlangte, mit der Geisterwelt zu verkehren. Bei Privatseancen war sie ein willkommener Gast, denn in ihrer Gegenwart klopften die unsichtbaren Besucher stets heftiger und sandten detailfreudigere und erstaunlichere Botschaften als die vagen Worte, mit denen sie sich sonst begnügten. Sie entwickelte die Fähigkeit, in Trance zu geraten, welches Erlebnis einem Ohnmachtsanfall nicht unähnlich war – mit Hitze- und Kältewallungen, Schweißausbrüchen und Übelkeit und dem für einen so wachen und ordnungsliebenden Menschen wie Mrs. Papagay äußerst beschämenden Gefühl völliger Willenlosigkeit. Vom jenseitigen Ende eines retikulierten Tunnels von der Farbe bleicher Maden nahm sie wahr, wie ihre Stiefeletten auf den Teppich eintrommelten, wie die armen Sehnen ihrer Kehle sich verzerrten, während mißtönende Stimmen durch sie sprachen. Sie begriff, daß sie bisher nicht *mit letzter Sicherheit* auszuschließen gewagt hätte, daß das automatische Schreiben von irgendeinem Teil ihres Bewußtseins ausging. Ein den Menschen wohlgesinnter Geist namens Pomona und ein zu boshaften Schelmenstreichen aufgelegter Geist namens Dago sprachen abwechselnd durch sie. Seit sie Sophy Sheekhy zur Gefährtin hatte, verfiel sie seltener in Trance als früher, denn Sophy glitt fast ohne jede Anstrengung in eine andere Welt und hinterließ ein kaltes, klammes Wesen, dessen Atem kaum einen Silberlöffel zu trüben vermochte. Sophy berichtete von seltsamen Gesichten und seltsamen Worten, und sie konnte mit verblüffender Genauigkeit angeben, wo nach verlorenen Gegenständen und verlorenen Verwandten zu suchen war. Mrs. Papagay war davon überzeugt, daß Sophy die Geister dazu bringen konnte, sich zu materialisieren, wenn sie es nur wollte, ganz so wie die berühmte Florence Cook mit ihrem Phantom Kate King. Sophy, der es an Neugier gebrach und an der Fähigkeit, ihre eigenen Interessen wahrzunehmen, fragte: »Warum?« und fügte hinzu, sie könne sich nicht vorstellen, daß es die Toten danach gelüsten solle, ihre Körper zurückzuerlangen, da ihnen jetzt viel wohler sei. Sie seien nicht dazu da, Zirkuskunststücke zu vollbringen, sagte Sophy Sheekhy. Damit würde man ihnen *weh tun*. Mrs. Papagay war zu klug, ihr nicht zuzustimmen.

Unmerklich und mit Hilfe ein wenig geschickten Taktierens waren sie von der Welt des Liebhaberokkultismus und der rein privaten Experimente in die sorgsam wattierte Welt bezahlter Medien übergewechselt, in der nichts Unfeines Platz hatte – die Herren, die die Sitzungen bewerkstelligten, überreichten »Geschenke«, es gab Beratungshonorare. (»Das ist mein *Recht*, Mrs. Papagay, wenn ich Ihre Fähigkeiten konsultiere, wie ich es bei einem kirchlichen Würdenträger, einem großen Musiker oder Heilkundigen tun würde. Jeder von uns braucht die materiellen Voraussetzungen, um Leib und Seele zusammenzuhalten, bis zu dem glückseligen Tag, da wir ins Jenseits eingehen und mit denen vereinigt werden, die uns vorausgingen.«)

Mrs. Papagay war eine kluge und zweiflerische Frau, eine Frau, die in früheren Zeiten eine theologisch interessierte Nonne gewesen wäre und in späteren Zeiten Philosophie, Psychologie oder Medizin studiert hätte. Hin und wieder beschäftigte sie sich mit gewichtigen Fragen wie der, *warum* die Toten gerade jetzt, gerade seit so kurzer Zeit so vehement in das Land der Lebenden einzudringen, zurückzukehren versuchten mit Klopftönen, Botschaften, Emanationen, Materialisationen, Teleplasma und Telekinese. Ihre Geschichtskenntnisse waren spärlich, wenngleich sie alle Romane Sir Walter Scotts gelesen hatte, aber sie dachte sich, daß es einst eine Zeit gegeben haben müsse, als sie weiter fortgingen und dort blieben. In den Tagen der Jünger und davor in denen der Propheten hatten die lieblichen Engel sich in der Tat im Leben der Menschen bewegt, hatten ihnen helles, mildes

Licht und himmlische Klänge gebracht und sie mit geheimnisvoller Bedeutung überwältigt. Auch die Kirchenväter hatten sie geschaut, und manche hatten Geister gesehen, denen kein Friede vergönnt war. Hamlets Vater war umhergewandelt, und auf den Straßen Roms hatten Tote im Leichentuch geheult und gekreischt – unerklärliche Erscheinungen lokaler Natur, davon war Mrs. Papagay überzeugt, hatte es gewiß schon immer gegeben, auf Landstraßen und Seitenwegen und in alten Gebäuden, Dinge, die Geräusche machten oder unangenehme Gerüche verbreiteten oder berückende Töne erklingen ließen, Dinge, die sich einem näherten und grausig stierten oder einem das Blut in den Adern gefrieren ließen und Traurigkeit einflößten, Kobolde und Unholde, die hartnäkkige Gegenwart eines verbitterten toten Bauern oder einer schmerzbeladenen jungen Frau.

Aber woher waren mit einemmal diese neuen nächtlichen Armeen gekommen, diese Onkel und Tanten, Dichter und Maler, unschuldigen Kinder und stürmisch ertrunkenen Seeleute, die allem Anschein nach hinter jedem Stuhl standen und in jedem Schrank eingesperrt waren, die sich in dichten Trauben im Garten sammelten und miteinander die Treppen hochstapften, und wonach verlangte es sie? An den Wänden alter Kirchen, hinter dem Altar der Sixtinischen Kapelle sah man sie an ihrem altgewohnten Platz, wo sie in dichtgedrängten Reihen im goldgekrönten Himmelreich saßen oder auf dem Weg in den Höllenpfuhl in den Armen schwarzer bocksbeiniger Dämonen mit roten Zungen zappelten und jammerten. Hatte neues Wissen sie von ihrem Platz vertrieben? Die Sterne schienen und bewegten sich im leeren All, sie waren Sonnen, die die kleine Welt mit ihrem Feuer verschlingen konnten wie glühende Kohlen einen Orangenkern. Unter dem Höllenpfuhl lagen die grünen Felder Neuseelands und die roten Wüsten Australiens. Mrs. Papagay dachte: Das *wissen* wir heute, wir denken es uns so, oben und unten hat für uns nichts mehr zu bedeuten. Und dennoch können wir den nächsten Gedanken nicht ertragen, den, daß wir zu nichts werden, genau wie Heuschrecken und Rindvieh. Und deshalb wenden wir uns an sie, an unsere persönlichen Engel, um Beruhigung zu erhalten. Und sie kommen, sie kommen, wenn wir sie rufen.

Aber sie wußte tief in ihrem Inneren, daß sie nicht aus diesem Grund Seancen besuchte, schrieb und klopfte und brüllte, sondern daß sie es um des *Jetzt* willen tat, um *jetzt* am Leben teilzuhaben, und nicht um eines künftigen Lebens willen, das so sein würde, wie es war, wie es immer gewesen war. Was anderes hatte ihrer geharrt als Einschränkungen und Langeweile, das Los einer mutmaßlichen Witwe in beengten Verhältnissen? Sie ertrug es nicht, über Hauben und Stickereien und die ewige Malaise mit den Dienstboten zu schwatzen, sie wollte am *Leben* teilhaben. Und der Verkehr mit den Toten war der beste Weg, die Lebenden kennenzulernen, zu beobachten und zu lieben, nicht als höfliche Teilnehmer einer Teegesellschaft, sondern so, wie sie in ihrem verborgenen Inneren waren mit ihren tiefsten Wünschen und Ängsten. Ihr, Lilias Papagay, enthüllten sie sich, wie sie es in der Gesellschaft niemals getan hätten. Mrs. Jesse beispielsweise war nicht reich, aber sie entstammte einer Familie von Stand, und Kapitän Jesses Familie gehörte zum Landadel. Mrs. Papagay verdankte es allein der Demokratie der Geisterwelt, daß sie mit den Jesses gesellschaftlich verkehrte.

II

Mrs. Jesse war eine kleine, noch immer ansehnliche Frau von Anfang Sechzig mit einem eindrucksvollen Kopf, der bisweilen zu groß für ihren zierlichen Körper zu sein schien. Sie hatte sehr helle blaue Augen in einem tiefgefurchten braunen Zigeunergesicht mit markantem Profil. Ihr schönes dunkles Haar mit grauen Strähnen war noch immer dicht, und sie trug es zu Locken gerollt, die links und rechts neben ihrem Gesicht hingen. Sie hatte Hände wie Vogelklauen und den wachen Blick eines Vogels und eine überraschend tiefe, volltönende Stimme. Ihr ausgeprägter Lincolnshire-Akzent hatte Mrs. Papagay sehr überrascht. Mrs. Jesse neigte zu dramatischen Worten – als Mrs. Papagay zum erstenmal mit ihr zu tun hatte, war der Prozeß des Trauerns diskutiert worden, und Mrs. Jesse hatte mit weisem Nicken gesagt: »Ich kenne das. Ich habe das durchgemacht«, als wäre sie der Chor in der antiken Tragödie. »Ich habe das alles durchgemacht; ich kenne das alles. Es gelüstet mich nicht nach neuen Empfindungen. Ich weiß, was es heißt, sich wie versteinert vorzukommen.« Daß Mrs. Papagay sich von diesen gern wiederholten seherischen Worten an Edgar Allan Poes furchteinflößenden Raben und sein »Nimmermehr« erinnert fühlte, lag nicht zuletzt daran, daß Mrs. Jesse stets von ihrem zahmen Raben Aaron begleitet war, den ein Lederriemen mit ihrem Handgelenk verband und den sie aus einem gleichermaßen befestigten unheimlichen Lederbeutel mit rohem Fleisch zu füttern pflegte. Aaron wohnte den Seancen ebenso bei wie Pug, ein elefantengraues Geschöpf, dessen kleine elfenbeinfarbene Zähne auf seinen hängenden Lefzen gebleckt waren und dessen hervorquellende Augen klug dreinblickten. Pug war unempfindlich gegenüber den emotionalen Strömungen um den Tisch herum und pflegte auf der Chaiselongue sein Nickerchen zu halten, wobei es geschehen konnte, daß er zu den unpassendsten Augenblicken Schnarchtöne oder feuchte, explosionsartige Körpergeräusche anderer Herkunft von sich gab. Auch Aaron sorgte bisweilen in Momenten größter Konzentration für unerwünschte Ablenkung, indem er mit den Klauen klapperte, unvermittelt einen rauhen Schrei ausstieß oder mit dem Gefieder raschelte, wenn er sich schüttelte.

Mrs. Jesse war die Heldin einer tragischen Geschichte. In ihrer Jugend, als Neunzehnjährige, hatte sie einen begabten jungen Mann geliebt und war wiedergeliebt worden; er war ein Studienfreund ihrer Brüder; er hatte das Pfarrhaus, wo die Familie ihr abgeschiedenes Leben führte, besucht, beinahe sogleich erkannt, daß sie füreinander geschaffen waren, und sie gebeten, seine Frau zu werden. Das Schicksal hatte sich eingemischt, anfangs in Gestalt des weltlich gesinnten, ehrgeizigen Vaters des jungen Mannes. Es wurde ihm verboten, sie vor seinem einundzwanzigsten Geburtstag wiederzusehen oder sich mit ihr zu verloben. Besagter Tag war gekommen und gegangen: Und trotz anhaltender Abwesenheit und Widerstände waren die Liebenden einander unwandelbar treu geblieben. Die Verlobung war verkündet worden – der junge Mann hatte ein Weihnachtsfest mit seiner Geliebten und ihrer Familie verbracht. Liebevolle Briefe waren ausgetauscht worden. Im Sommer des Jahres 1833 hatte er mit seinem Vater eine Auslandsreise unternommen und hatte ihr – *ma douce amie* – von Ungarn aus geschrieben, aus Pesth, wo er sich auf dem Weg nach Wien befand. Anfang Oktober hatte Mrs. Jesses Bruder einen Brief vom Onkel des jungen Mannes erhalten. Den Anfang dieses Briefes kannte Mrs. Papagay auswendig. Sie hatte ihn mit Mrs. Jesses tiefer, melancholischer Stimme gesprochen gehört, sie hatte ihn Wort für Wort in Kapitän Jesses hellerem, nachdenklichen Plauderton gehört.

Hochgeachteter Herr.

Auf den Wunsch einer vom Unglück heimgesuchten Familie schreibe ich Ihnen diese Zeilen, welche jene in ihrer tiefen Betrübnis nicht zu Papier zu bringen vermöchten.

Ihr Freund, mein vielgeliebter Neffe Arthur Hallam, weilt nicht mehr unter uns – der Herr hat ihn zu sich genommen und ihn vom Erdentale in jene bessere Welt versetzt, für welche er gewißlich erschaffen worden war ...

Der Bedauernswerte erlitt einen leichten Anfall von Schüttelfrost – wie es ihm des öfteren zu widerfahren pflegte – ließ darauf sein Feuer anzünden – und redete mit seiner gewohnten Lebhaftigkeit – Und unversehens verließ ihn das Bewußtsein, und seine Seele entwich dem Körper ohne alle Schmerzen – Der Arzt bemühte sich zwar, ihn zur Ader zu lassen – und bei näherer Untersuchung war die allgemeine Ansicht die, daß er nicht lange mehr zu leben gehabt hätte –

Die junge Frau war die Treppe heruntergekommen, als sie hörte, daß die Post kam, voller Hoffnung, und hatte hören müssen, wie ihr vom Leid überwältigter Bruder diese Worte vorlas, und die Welt war vor ihren Augen schwarz geworden, denn sie war in eine tiefe Ohnmacht gefallen, aus der zu erwachen schrecklicher, niederschmetternder war, als es der erste Schlag gewesen war, so sagte Mrs. Jesse, und Mrs. Papagay glaubte ihr, sie empfand es sogar, so eindrücklich war die Schilderung. »Es scheint«, erzählte Mrs. Jesse, »daß er so still, so unmerklich verschied, daß sein Vater neben ihm am Feuer saß und glaubte, er sei gleich ihm damit beschäftigt zu lesen, bis ihm mit einemmal das Schweigen auffällig wurde oder vielleicht etwas anderes – wir wissen es nicht, er kann sich nicht erinnern. Denn als er meinen geliebten Arthur berührte, war dessen Kopf unnatürlich gebeugt, und er gab keine Antwort, und deshalb wurde nach einem Wundarzt geschickt, der eine Ader im Arm und eine Ader in der Hand öffnete – doch es war alles vergebens, denn er war tot.«

Nach diesem Tag des Unglücks hatte sie ein Jahr lang ihr Schlafzimmer nicht verlassen, wo sie darniederlag, krank vor Schmerz und Erschütterung, bis sie eines Tages vor ihrer Familie und ihren Freunden erschien – Mrs. Papagay stellte sich diese Szene nicht aus der Perspektive der jungen Frau vor, wie sie sich den ersten Schock vorstellte, sondern durch die Augen der verwunderten Anwesenden, die sahen, wie sie schmerzerfüllt und stolz erhobenen Hauptes leise den Raum betrat, in tiefer Trauer, doch mit einer weißen Rose im Haar, wie Arthur es an ihr liebte. Sie war in die Welt zurückgekehrt, ohne zur Welt zu gehören, sie war krank an ihrer Seele und lebte in der Schattenwelt. Spät, zu spät, wie es in tragischen Geschichten üblich ist, bereute der hartherzige Vater seine Strenge und lud die Geliebte seines Sohnes in das Haus ein, das sie mit ihrem Geliebten nie betreten hatte, wo sie die Busenfreundin seiner Schwester wurde, die »verwitwete Tochter« seiner Mutter und – so ging die Rede – die Empfängerin einer großzügigen Leibrente von 300 Pfund im Jahr. Solche Dinge sind immer Gegenstand der Geheimhaltung und immer bekannt, sie werden von Salon zu Salon im Flüsterton ausgetauscht, man preist die Großzügigkeit und sucht im gleichen Atemzug zynisch nach dem Motiv – gilt es, Zuneigung zu erkaufen? Schuld zu mildern? ewige Ergebenheit zu sichern? Letzteres war nicht zur Gänze gelungen, denn es hatte Kapitän Jesse gegeben. Wie und wann er auf den Plan getreten war, wußte Mrs. Papagay nicht. Dem Gerede ließ sich entnehmen, daß die Heirat sowohl für den alten Mr. Hallam als auch für Mrs. Jesses Bruder Alfred, Arthurs besten Freund, eine grausame Enttäuschung gewesen war. Man hatte Mrs. Jesse in *strengster* Vertraulichkeit einen Brief der Dichterin Elizabeth Barrett gezeigt (aus der Zeit, bevor sie Mrs. Browning geworden war und bevor sie selbst sich dem fröhlichen Reigen der Geister zugesellt hatte), in dem sie Mrs. Jesses Betragen als »Entwürdigung aller Weiblichkeit« und als »Gipfel der *Verderbtheit*« bezeichnete. Miss Barrett sprach verächtlich von Kapitän Jesse, der damals, 1842, Lieutenant Jesse war, als von einem »flegelhaften Kapitänleutnant«. Sie verachtete Braut und Bräutigam dafür, daß sie sich nicht weigerten, weiterhin die Leibrente zu beziehen, die der alte Mr. Hallam voller Großzügigkeit weiterhin gewährte. Und das, was Mrs. Papagay zuweilen für einen poetischen und romantischen Einfall zu halten geneigt war, brachte sie zu allergrößter Empörung – der Umstand, daß der erste Sohn Arthur Hallam Jesse genannt worden war. »Dies nun war ein verzweifelter – und verfehlter – Griff nach dem ›Gefühl‹!« hatte Miss Barrett vor vielen Jahren befunden. Wäre *Mrs. Browning* möglicherweise barmherziger gewesen? fragte sich Mrs. Papagay. Ihr eigenes Mitgefühl war durch ihr eigenes Flüggewerden und Heiraten so erstaunlich gewachsen.

Mrs. Papagay stellte sich diese Namensgebung gerne als Unterpfand der Beständigkeit, des Weiterbestehens vor, eines Lebens im Tod für den toten Geliebten, einer Versicherung der an Wundern reichen Welt der Geister, so man an sie glaubte. Hatte nicht der Herr selbst gesagt, daß es im Himmel weder Ehen noch Eheversprechen gebe? Emanuel Swedenborg wiederum, der dort geweilt hatte, hatte Ehen zwischen Engeln gesehen, welche der Vereinigung Christi mit seiner Kirche entsprachen, und konnte folglich ein anderes Zeugnis ablegen oder zumindest darüber räsonieren, warum der Herr diese Worte gesagt hatte, obwohl die eheliche Liebe für Engel von so großer Bedeutung war. Der Name Arthur Hallam Jesse hatte dem ältesten Sohn, wie sich herausstellen sollte, nicht viel Glück gebracht. Er war in das Militär eingetreten und schien in einer merkwürdig eigenbrödlerischen Welt zu leben, vielleicht deshalb, weil seine hellblauen Augen wie die seines Vaters nicht allzu weit über seine Nase hinaussahen. Wie sein Vater und sein Bruder war er auf romantische Weise gutaussehend und von freundlicher Liebenswürdigkeit. Der alte Mr. Hallam war sein Pate wie auch Pate des ältesten Sohns von Alfred, der ebenfalls in frommem Gedenken Arthur getauft worden war, obwohl in diesem Fall niemand etwas dagegen hatte, denn Alfred Tennyson hatte schließlich *In Memoriam* geschrieben, ein Gedicht, das Arthur Hallam, A. H. H., fast zwanzig Jahre nach seinem Tod zum Gegenstand nationaler Trauer erhoben und später bewirkt hatte, daß man landesweit seine Jugendblüte mit der des vielbetrauerten Prinzgemahls Albert zu verwechseln neigte, ganz zu schweigen vom legendären König Artus, der die Blüte des Rittertums und die Seele Britanniens verkörperte.

Sophy Sheekhy kannte lange Stellen von *In Memoriam* auswendig. Sie schien Gedichte zu schätzen, während sie sich für Romane nicht erwärmen konnte, was Mrs. Papagay als merkwürdige Geschmackseigenart erscheinen wollte. Sie sagte, der Rhythmus spreche sie an, er stimme sie auf die Gedichte ein, zuerst der Rhythmus, dann die Bedeutung. Mrs. Papagay fand Gefallen an *Enoch Arden*, der tragischen Geschichte eines schiffbrüchigen Seemanns, der nach Hause zurückkehrte, seine Frau glücklich verheiratet und als Mutter vorfand und in tugendhafter Entsagung starb. Die Auflösung der Dichtung ähnelte der von Mrs. Papagays aufgegebenem Roman, in welchem ein Seemann, der einzige Überlebende eines auf dem Ozean verbrannten Schiffs, der gerettet worden war, nachdem er viele Wochen lang auf einem Floß in der erbarmungslosen Sonne dahingetrieben war, von liebestollen tahitianischen Prinzessinnen eingekerkert, von Piraten entführt, von einem Kriegsschiff, das die Piraten überwältigte, zum Kriegsdienst gepreßt und in einer erbitterten Seeschlacht verwundet worden war, zuletzt zu seiner Penelope zurückkehrte, die inzwischen Gattin seines verhaßten Cousins war und Mutter einer großen Kinderschar, die ihm zwar ähnlich sah, aber nicht von ihm abstammte. Letzteres wollte Mrs. Papagay als raffinierte ironische Note erscheinen, doch ihre Phantasie war der Mischung aus Feuersbrunst, Sklaverei, Tahiti und Zwangsrekrutierung nicht gewachsen, mochte Arturo ihr all dies noch so lebhaft vor Augen geführt haben, wenn sie in den Downs spazierengingen oder abends am Kamin saßen. Arturo fehlte ihr noch immer, um so mehr, als kein zweiter Liebhaber sich eingefunden hatte, um sie abzulenken. Ganz besonders liebte sie die Zeilen Tennysons über die Gefahren einer Wiederkehr der Toten.

Wär' jenen, deren Auge brach
Im Tode, es vergönnt, erneut
Zu wandeln in der Sonne Licht,
Welch hart Willkomm' wär' unser Gruß:

Leicht kam's uns an, gerührten Sinns,
Vom Wein beschwingt, die Trän' im Aug,
Zu preisen und zu rühmen sie,
Zu wünschen ihre Wiederkehr,

Doch wie empfänden sie's, zu sehn
Die Braut dem Fremden anvermählt,
Den harten Erben auf dem Land,
Der nimmer sich erweichen läßt –

Ach, in den Herzen jener selbst,
Die liebevoll gedenken noch,
Die Wiederkehr Verwirrung schüf'
Und Unfrieden und Furcht bewirkt'.

O Lieb, kehr du getrost zurück!
Mag auch gewirkt haben die Zeit,
Es wäre nie mein Herz bereit,
Sich nicht zu sehnen mehr nach dir.

»O Lieb, kehr du getrost zurück!« flüsterte Mrs. Papagay wie im Selbstgespräch, genau wie die Königin und zahllose trauernde Männer und Frauen, als würden sie gemeinsam einen rhythmischen Seufzer ausstoßen, der von ihrer hoffnungslosen Hoffnung kündete. Und ganz gewiß empfand so auch Emily Tennyson, Emily Jesse, die Geliebte, die der junge Mann flüchtig geliebt und nicht berührt hatte, denn ihn beschwor sie bei den Versammlungen, ihn begehrte sie zu sehen und zu hören, und für sie war er lebendig, obwohl er seit zweiundvierzig Jahren tot war, beinahe doppelt so lange, wie er auf der Erde geweilt hatte. Zweifelsfrei Kontakt zu ihm herzustellen war ihnen nie gelungen – nicht einmal Sophy Sheekhy –, und Mrs. Papagay, der Selbstbetrug und eitle Einbildung wohlvertraut waren, konnte nur bewundern, wie entschieden Mrs. Jesse sich weigerte, sich von Scheingebilden oder der eigenen Verdrießlichkeit dazu verführen zu lassen, mit eigenen Knien Tische zu rücken oder Mrs. Papagay und Sophy zu größeren Anstrengungen anzuhalten. »Er hat einen weiten Weg zurückgelegt«, sagte Sophy eines Tages, »er muß über vieles nachdenken.« – »So war er schon immer«, sagte Mrs. Jesse. »Und es heißt ja, daß wir uns im Grab nicht verändern, sondern unseren Weg weitergehen.«

III

Emily Jesse und Mrs. Hearnshaw saßen auf einem bequemen Sofa mit hoher Rückenlehne, dessen leinener Bezug in der Werkstatt von William Morris mit einem Muster verschlungener dunkler Zweige bedruckt worden war, das sowohl zufällig als auch geometrisch wirkte, während das geheimnisvolle Grün des Hintergrunds Emily in der typisch schwärmerischen Art ihrer Familie an dunkle Wälder, an Dickichte von Stechpalmen und an grünschimmernde Lichtungen denken ließ. Sternförmige kleine weiße Blüten bedeckten die Zweige, zwischen denen Granatäpfel karmesinrot und golden leuchteten, und kleine Vögel mit Federschöpfen in blauem und rosa Gefieder, mit hellgetupften Brustfedern und gekreuzten Schnäbeln sahen aus wie eine Mixtur aus exotischen amazonischen Sittichen und englischen Misteldrosseln. Emily legte keinen Wert auf ihren Haushalt – sie glaubte an Höheres im Leben als Eßgeschirr und Sonntagsbraten –, aber an dem Sofa hatte sie Freude – sie hatte Freude an den Zauberdingen, die Mr. Morris so streng und nüchtern gewebt hatte und die sie an ihre Kindheit im weißen Pfarrhaus von Somersby erinnerten, an die Zeit, als alle elf Kinder Szenen aus Tausendundeiner Nacht und vom Hof von Camelot gespielt hatten, als ihre großen Brüder mit Florett und Schutzmaske auf dem Rasen gefochten und gerufen hatten: »Nimm das, du hundsföttischer Feigling!« oder die kleine Brücke über den später in die Unsterblichkeit eingegangenen Bach wie bei Robin Hood mit Stöcken gegen die Dorfjungen verteidigt hatten. Alles existierte doppelt – damals, so wie es gewesen und geliebt worden war, und heute, da es seinen zauberischen Glanz verstrahlte und den schwachen, kühlen Duft einer verlorenen Welt verströmte, den Duft eines Königsgartens, des Gartens eines Harun-al-Raschid. Die Fenster des neugotischen Eßzimmers, das ihr unermüdlich energischer Vater, der Pfarrer, mit Hilfe seines Kutschers Horlins eigenhändig gebaut hatte, konnte die Phantasie sich auf doppelte Weise vergegenwärtigen, als steinerne Umrahmungen für Damen, die nach der letzten Mode gekleidet waren und darauf warteten, zu ihrem Stelldichein zu entschlüpfen, oder als verzauberte Fenstereinfassungen, hinter denen Guinevere und Elaine le Blank klopfenden Herzens ihre Liebhaber erwarteten. Mr. Morris' Sofa ließ beide Welten zu; man konnte auf ihm sitzen, und es entführte ins Paradies, und das gefiel Emily.

Im Wohnzimmer zu Somersby hatte es ein gelbes Sofa gegeben, auf dem Mrs. Tennyson Wäsche ausbesserte und die jüngsten Kinder wie junge Hunde um sie herumkrabbelten oder sie wie Wogen einer unruhigen See umbrandeten. Hier hatte Emily mit Arthur allein gesessen bei jenem Besuch zur Weihnachtszeit, mit Arthur, dessen Schönheit etwas Gemeißeltes hatte und der so tat, als wisse er alles über die Launenhaftigkeit und Koketterien der Weiblichkeit. Er hatte als ihr offizieller Verehrer seinen Arm um ihre Schulter gelegt, und sein kapriziöser Mund hatte ihre Wange berührt, ihr Ohr, ihre gebräunte Stirn, ihre Lippen. Sie konnte sich bis heute daran erinnern, wie er gezittert hatte – mochte es noch so unmerklich gewesen sein –, als hätte er seine Knie nicht ganz in der Gewalt, und wie furchtsam sie gewesen war – Furcht wovor? fragte sie sich heute, vielleicht davor, überwältigt zu werden, zu lau oder zu stürmisch zu reagieren, die Beherrschung zu verlieren? Seine Lippen hatten sich warm und trocken angefühlt. Danach hatte er oft von dem gelben Sofa geschrieben, es zog sich durch seine Briefe als rätselhafter Gegenstand, hinter dessen fester Beschaffenheit eine geheime Bedeutung verborgen war, vermischt mit Chaucer entlehnten Seufzern in der Manier mittelalterlichen Minnesangs.

Owe, min Emeline,
Owe, mins herzens kunneginne,
Owe, wie muet uns scheiden.

Anfang und Ende der herzzerreißenden Klage hatte er weggelassen:

Owê, der tôt! Owê, mîn Emelîn!
Owê, mîns herzens künegîn!
Owê, wie müet uns scheiden! Owê, mîn wîp!

und diese Worte sagte sie im stillen bisweilen noch heute. »Owê, mîns herzens künegîn, owê, mîn wîp«, was sie nie geworden war. Armer Arthur. Arme vergangene Emily mit ihren langen dunklen Locken und ihrer weißen Rose. Nach der zarten Umarmung war sie an Leib und Seele so aufgewühlt gewesen, daß sie zwei Tage lang das Bett gehütet hatte, obwohl sein knapp bemessener Besuch kaum zwei Wochen währte. Aus ihrer Abgeschiedenheit hatte sie ihm kleine Billetts in bezaubernd ungeschicktem Italienisch geschrieben (so zumindest lautete sein Urteil), die er geduldig korrigierte und ihr zurückschickte, mit Zeichen an den Stellen versehen, wo er das Briefpapier geküßt hatte. *Poverina, stai male. Assicurati ch'io competisco da cuore al soffrir tuo.* Ein wahrhaft edler Ritter war Arthur.

Mrs. Hearnshaw machte sich keine Gedanken über das Sofa. Sie sprach von ihrem Leid zu Emily und zu Sophy Sheekhy, die sich nahe dem Sofa auf einen Hocker gesetzt hatte.

»Sie wirkte so gesund, Mrs. Jesse, so gesund, sie strampelte so fröhlich mit ihren Ärmchen und den kleinen Beinen, und ihre Augen blickten mich so still an und so lebendig. Mein Gatte meint, ich müsse lernen, mein Herz nicht so fest an die kleinen Wesen zu hängen, denen es nicht vergönnt ist, länger bei uns auf Erden zu verweilen – aber wie soll ich das tun, ist es nicht ganz natürlich, daß ich es tue? Ich habe sie unter dem Herzen getragen, ich habe mit Zittern und Zagen gespürt, wie sie sich rührten.«

»Wir müssen uns damit trösten, daß sie Engel geworden sind, Mrs. Hearnshaw.«

»Bisweilen gelingt es mir, aber bisweilen stelle ich mir die scheußlichsten Dinge vor.«

Emily Jesse sagte: »Sagen Sie nur, was Ihre Gedanken beschäftigt. Das wird Ihnen gut tun. Jene unter uns, die *bis ins Mark* getroffen sind, leiden für alle anderen mit, es fällt ihnen in gewisser Weise zu, den Kummer aller anderen mitzutragen. Sie weinen *für die anderen*. Dessen muß man sich nicht schämen.«

»Ich gebäre den Tod«, sagte Mrs. Hearnshaw, denn das war der Gedanke, der sie unablässig verfolgte. Sie hätte hinzufügen können: »Ich bin mir selbst zuwider«, doch sie schwieg. Das geistige Bild der verfärbten Gliedmaßen nach den letzten Zuckungen, des groben, klammen Bettes aus Lehm, verließ sie nie.

Sophy Sheekhy sagte: »Es ist alles eins. Lebend und tot. Wie Walnüsse.«

Sie sah ganz genau die vielen kleinen Körper, die in den kleinen Behältnissen kauerten wie die braunhäutigen weißen Nußhälften, während eine blinde Stelle sich wie der Kopf eines Wurms zum Licht und zum luftigen Blattwerk vorarbeitete. Es geschah oft, daß sie Botschaften »schaute«. Sie hätte nicht sagen können, wessen Gedanken es waren, die ihren oder die eines anderen, oder ob sie gar von drüben kamen, und auch nicht, ob andere ähnliche Botschaften zu sehen pflegten.

Kapitän Jesse und Mr. Hawke traten zu ihnen.

»Walnüsse?« sagte Kapitän Jesse. »Walnüsse schätze ich ungemein. Mit Portwein nach der Mahlzeit gereicht, munden sie köstlich. Auch die grünen, unreifen Walnüsse munden mir. Es heißt, sie ähnelten dem menschlichen Gehirn. Meine

Großmutter hat uns erzählt, daß sie in manchen Volksheilmitteln Verwendung finden, deren Verabreichung eher an Zauberei als an Medizin denken ließe. Könnte diese Entsprechung Emanuel Swedenborg interessieren, Mr. Hawke? Die Ähnlichkeit der Walnuß mit dem Gehirn?«

»Kapitän Jesse, ich kann mich nicht entsinnen, in seinen Schriften etwas Tadelndes über Walnüsse gelesen zu haben, doch sie sind so umfangreich, daß die eine oder andere Stelle mir entgangen sein kann. Bei Walnüssen muß ich immer an unsere englische Mystikerin Juliana von Norwich denken, die in einer Vision *alles Seiende* wie eine Nuß in ihrer Hand sah und zu der Gott sagte: ›Alles wird gut sein, und du selbst sollst es sehen, daß alles aufs beste eingerichtet sein wird.‹ Mich dünkt, daß, was sie sah, vielleicht der Gedanke eines Engels war, der sich in der Welt der Geister oder der der Menschen zeigte. Sie kann sehr wohl eine Vorläuferin unseres geistigen Kolumbus gewesen sein. Sie erinnern sich, wie er berichtet, daß er selbst einen über die Maßen schönen Vogel in der Hand Sir Hans Sloanes sah, welcher Vogel sich in nichts von einem ähnlichen Vogel auf Erden unterschied und dennoch – wie ihm enthüllt wurde – reiner Ausdruck der Liebe eines bestimmten Engels war und verschwand, als die Wirkung dieser Liebe endete. Nun will es scheinen, daß der Engel, indem er im Himmel weilt, sich dieses *mittelbaren* Geschehens in der Geisterwelt nicht gewahr ist, da Engel alles in seiner vollendetsten Form sehen, der des *homo maximus*. Es heißt, die höchsten Engel würden von jenen, welche sich ihnen von unten nähern, als menschliche Säuglinge gesehen – wenngleich sie sich selbst so nicht empfinden –, denn ihre Empfindungen rühren her aus der Vereinigung der Liebe zum *Guten* – die von einem Engelsvater stammt – und der zur *Wahrheit* – die von einer Engelsmutter stammt –, welche Vereinigung in ehelicher Liebe geschieht.

Swedenborg selbst sah während seines Verweilens in der Welt der Geister Vögel, und er erfuhr, daß in Gestalt des *homo maximus* Dinge des Verstandes als Vögel gezeigt werden, was seinen Grund darin hat, daß der Kopf Himmel und Luft zugeordnet ist. *Mit eigenem Körper empfand* er den Sturz jener Engel, welche in der Gemeinschaft der Engel falsche Vorstellungen von Gedanken und Einflüssen gefaßt hatten – er verspürte ein schreckliches Zittern an Knochen und Sehnen – und erblickte einen düsteren und häßlichen Vogel und zwei herrlich schöne Vögel. Und diese körperlich vorhandenen Vögel waren die *Gedanken* der Engel, wie er sie mit seinen Sinnen sah, die herrlichen Gedanken und die bösen und abscheulichen. Denn es ist so, daß auf jeder Stufe alles eine Entsprechung besitzt, vom Materiellsten bis zum Göttlichsten, wie es im *homo maximus* zu sehen ist.«

»Merkwürdig, merkwürdig«, sagte Kapitän Jesse in etwas ungehaltenem Ton. Als jemandem, der selbst gern redete, fiel es ihm schwer, wortlos mitanzuhören, wie Mr. Hawke zur Erbauung der Anwesenden alle Fäden der Verbindung zwischen dem *homo maximus* und schlichten Lehmklumpen entwirrte. Mr. Hawke war jemand, der sich schwertat aufzuhören, wenn er einmal zu reden begonnen hatte, und nun legte er die *Arcana* aus, die *Principia*, den *Clavis Hieroglyphica Arcanorum Naturalium et Spiritualium*, die Mysterien von Einfluß und Weitung, ehelicher Liebe und des Lebens nach dem Tod, denn nur während des Auslegens war es Mr. Hawke möglich, alle Bälle seines Systems gleichzeitig zu jonglieren, wenn man so sagen darf, als wackligen, taumeligen theologischen Regenbogen, den Sophy Sheekhy während seiner Darlegungen über Vögel für einen Augenblick als Geflatter von Kropftauben und Ringeltauben erblickte.

»In jener Welt, der Geisterwelt«, sagte Mr. Hawke, »spendet die geistige Sonne Licht, denn unsere entsprechende materielle Sonne in unserer toten Welt ist dort nicht sichtbar. Denen, die dort weilen, erscheint sie als dichte Finsternis. Es gibt ganz einfache Geister, welche nichts Materielles ertragen können, so die des Planeten Merkur, welche im *homo maxi-*

mus der Erinnerung an Dinge als losgelöst von ihrer materiellen Beschaffenheit entsprechen. Swedenborg besuchte sie, und sie erlaubten ihm, ihnen Wiesen, Brachfelder, Gärten, Wälder und Flüsse zu zeigen, doch es mißfiel ihnen, weil ihnen die *Materialität* der Dinge mißfiel, denn sie lieben das abstrakte Wissen, weshalb sie die Wiesen mit Schlangen füllten und verdunkelten und die Wasser schwärzten. Mehr nach ihrem Geschmack war ein schöner Garten voller Lichter und Laternen, den er ihnen zeigte, denn die Lichter erschienen ihnen als verwandt, indem sie für die Wahrheit stehen. Auch mit Lämmern war ihnen zu gefallen, da diese für die Unschuld stehen.«

»Mich erinnern sie an manche Geistliche«, sagte Mrs. Jesse. »Die Geister vom Planeten Merkur. Wesen, die nur in Abstraktionen denken können, die sie zu anderen Abstraktionen in Bezug setzen.«

»Mich erinnern sie an manche Wilde«, sagte ihr Mann. »Die Begleiter Kapitän Cooks erzählten gerne von den Eingeborenen auf Neuseeland, die ein im Hafen vor Anker liegendes Schiff nicht zu sehen vermochten. Sie gingen ihren Geschäften nach, als wäre es nicht vorhanden, als wäre alles wie immer, Fischen und Schwimmen, Sie wissen schon, die Beute an einem großen Feuer braten und so weiter, was sie eben so zu tun pflegten. Doch in dem Augenblick, da Boote vom Schiff herabgelassen wurden und sich bewegten, waren die Männer darin für diese Wilden *sichtbar* und bewirkten mächtig viel Aufregung, alle Welt versammelte sich am Strand und winkte und rief und tanzte. Das Schiff jedoch war weiterhin *wie unsichtbar*. Man sollte meinen, sie hätten dann eine Analogie gebildet und es für irgend etwas Großes mit weißen Flügeln gehalten, für irgendeinen mächtigen Geist oder dergleichen, wenn sie es schon nicht als Schiff deuten konnten, aber nein, sie konnten es allem Anschein nach überhaupt nicht erkennen. Und das scheint mir darauf hinzudeuten, daß die Theorie zutrifft, der zufolge die Geisterwelt mit unserer

Welt verbunden ist, daß sie sie überall durchlöchert wie Kornwürmer das Brot und daß wir sie nur deshalb nicht sehen können, weil unsere Denkweise uns nicht erlaubt, sie zu sehen, verstehen Sie, wie Ihre Merkurianer oder Merkuraner, die nichts von Feldern und Wiesen wissen wollten, oder wie die richtigen Engel, diese armen Geschöpfe, die die Sonne nur als dichte Dunkelheit wahrnehmen können.«

Der Rabe Aaron, der auf der Armlehne des Sofas hockte, wählte diesen Moment, um beide schwarzen Schwingen zu erheben, so daß sie sich fast berührten, und sich dann unter Schütteln seiner Federn und mehreren Hackbewegungen des Kopfes wieder niederzulassen. Seitwärts hüpfte er mit ein paar Schritten zu Mr. Hawke hin, der nervös vor ihm zurückscheute. Wie viele Geschöpfe, die Furcht erregen, schien Aaron von Anzeichen der Furchtsamkeit animiert zu werden. Er klappte den dicken bläulichen Schnabel auf und krähte heiser, wobei er den Kopf zur Seite legte, um die Wirkung zu beobachten. Auch seine Augenlider waren bläulich und rauh wie Echsenhaut. Mrs. Jesse zog tadelnd an seinem Lederriemen. Mr. Hawke hatte sich einmal nach seinem Namen erkundigt, im Glauben, er habe etwas mit Moses' Bruder zu tun, dem Hohepriester, dessen Gewand Granatäpfel und Schellen zierten, wie der Herr es geboten hatte. Mrs. Jesse erwiderte jedoch, er sei nach dem Mohren in *Titus Andronicus* benannt, dem »rabenfarbgen« Aaron, wie sie einsilbig erklärte, als sich herausstellte, daß Mr. Hawke, der nicht so gebildet war wie die Tennysons, dieses Theaterstück nicht kannte. Mr. Hawke hatte bemerkt, Raben seien seiner Ansicht nach stets Vögel, die als Unglücksbringer gelten. Noahs Rabe stellte in Swedenborgs Deutung der Welt das unbotmäßige Innere des Menschen dar, das über ein Meer des Trügerischen wandelte. »Große und undurchschaubare Falschheit«, sagte er mit einem Blick auf Aaron, »bezeichnet die Heilige Schrift mit Eulen und Raben. Mit Eulen, weil sie im Dunkeln hausen, im Dunkel der Nacht, mit Raben, weil sie schwarz sind, und vom verwüsteten Lande Edom heißt es in Jesaja 34,11: ›Nachteulen und Raben werden dort wohnen.‹«

»Eulen und Raben sind Geschöpfe Gottes«, hatte Mrs. Jesse damals nicht ohne Schärfe erwidert. »Ich kann mir nicht vorstellen, Mr. Hawke, daß etwas so Schönes, so Weiches und Sanftmütiges wie eine Eule ein Geschöpf des Bösen sein soll. Denken Sie an die Waldkäuze, die auf die Vogelrufe des Knaben bei Wordsworth antworten. Mein Bruder Alfred war als Knabe ein großer Vogelstimmenimitator, er konnte jeden Vogel nachahmen, und er hatte eine ganze Eulenfamilie gezähmt, die angeflogen kam, wenn er rief, und um Futter bettelte, und eine Eule war so zahm, daß sie zum Haushalt gehörte und sich von Alfred tragen ließ. Er hatte ein eigenes Zimmer oben im Dachstuhl der Pfarrei.« Wie stets wurde ihr Gesicht weicher, wenn sie an Somersby dachte. Sie holte den Lederbeutel hervor und gab dem Raben einen Fleischbrokken, der wie Leber aussah und den der Vogel mit einem erneuten Vorschnellen des Kopfes ergriff, im weitgeöffneten Schnabel hin und her wendete und dann schluckte. Mrs. Jesses Fleischbrocken faszinierten Mrs. Papagay. Sie hatte beobachtet, wie sie diese Bratenreste vom Abendbrottisch heimlich in den Beutel für ihren Vogel praktizierte. An Mrs. Jesse war etwas Unappetitliches ebenso wie – selbstverständlich – etwas Reines und Tragisches. Wenn sie mit ihrem starr blickenden Vogel und ihrem abscheulichen kleinen grauen Hund mit den spitzen Zähnen und dem Wasserkopf dasaß, sah sie aus wie ein verwitterter, wachsamer Kopf zwischen Wasserspeiern auf einem Kirchdach – so kam es Mrs. Papagay unvermittelt in den Sinn –, ein Kopf, über den Jahrhunderte von Wind und Regen hinweggegangen waren, während er in die Ferne sah, wetterzernagt, doch unverwandt.

Mr. Hawke schlug vor, den Kreis zu bilden, wenn alle bereit seien. Ein runder Tisch mit fransenbesetzter samtener Tischdecke wurde in die Mitte des Zimmers gestellt, und Kapitän

Jesse stellte die Stühle unsanft um, wobei er sie wie Lebewesen anredete – komm schon, sei nicht so störrisch, stell dich nicht so an. Mrs. Jesse holte eine ausreichende Menge Papier und verschiedene Bleistifte und Schreibfedern sowie eine große Kanne Wasser samt Gläsern für die Runde. Im Halbdunkel, nur erhellt durch die flackernden Flammen des Kaminfeuers, nahmen sie Platz. Mrs. Papagay hatte berichtet, daß man so in besonders avancierten spiritistischen Kreisen vorgehe. Die Geister schienen helles Licht zu scheuen oder darunter zu leiden – seine Strahlen waren von ungünstiger Zusammensetzung, wie ein verstorbener Wissenschaftler durch den Mund des amerikanischen Mediums Cora V. Tappan hatte verlauten lassen –, und als ideale Bedingung für Geistererscheinungen galt mildes *violettes Licht*. Emily Jesse liebte das Licht des Kaminfeuers. Sie war zutiefst davon überzeugt, daß die Toten lebten und sich danach sehnten, mit den Lebenden zu verkehren.

Wie ihr Bruder Alfred, wie die Tausende von verstörten Gläubigen, für die er in mancher Hinsicht sprach, empfand sie das dringende, von Zweifeln durchsetzte Bedürfnis, sich der Unsterblichkeit der menschlichen Seele zu versichern. Mit zunehmendem Alter äußerte Alfred sich immer heftiger zu diesem Thema. Gebe es kein Leben nach dem Tod, so schrie er seine Freunde an, könne man ihm dies beweisen, dann würde er in die Seine oder in die Themse gehen, er würde den Kopf in den Ofen stecken, er würde Gift nehmen oder sich eine Pistole an die Schläfe setzen. Sie sagte sich oft Alfreds Zeilen auf:

Daß, wer als Wesen einzig scheint,
Nach dem Durchmessen seiner Zeit
In Auflösung des eignen Seins
Werd' einer großen Seele Teil:

Glaube blaß und bar der Lust.
Ewig Gestalt besitzen wird
Die ewge Seele als sie selbst;
Und ich werd' ihn erkennen einst.

Das gefiel ihr. »Ist Glaube blaß und bar der Lust« war eine Zeile nach ihrem Sinn. Aber sie liebte auch den Feuerschein mit etwas von ihrem einstigen kindlichen Gemüt, das auf Wunder gefaßt war. Am Feuer hatten sie ländliche Spiele gespielt, die elf Kinder in dem beengten hübschen Pfarrhaus, sie hatten einander Schreckensgeschichten und überirdische Visionen erzählt. Der alte Mann, ihr Vater, war vor Erbitterung und Enttäuschung und geistiger Unterforderung halb verrückt geworden. Und weil er trank, wenn sie sich recht erinnerte. Die Hälfte der Kinder hatte an Melancholie gelitten, und eines, Edward, von dem nie die Rede war, verbrachte sein Leben in einer Irrenanstalt in York. Septimus lungerte zu Hause herum und grämte sich, und Charles suchte Trost im Opium. Und doch waren sie glücklich gewesen, wie sie sich erinnerte, sie waren glücklich gewesen. Die Dunkelheit hatte ihnen Vergnügen bereitet. Sie sahen seltsame Dinge, die sie lebhaft schilderten. Horatio, ihr jüngster Bruder, hatte auf dem Heimweg in der Abenddämmerung hinter dem Feenwald zwischen Harrington und Bag Enderby einen gespenstischen Menschenkopf gesehen, der ohne Körper durch den Wald lief und über die Hecke nach ihm spähte. Alfred hatte sogar feierlich keine Woche nach dem Tod des Vaters in dessen Bett geschlafen, weil es ihn, wie er behauptete, danach gelüstete, den Geist des Vaters zu sehen. Das Pfarrhaus war ohne das Toben und Gebrüll ihres Vaters so unvorstellbar ruhig geworden, daß Alfreds Schwestern ihn angefleht hatten, den Versuch, einen so ruhelosen Geist zu beschwören, zu unterlassen. Aber Alfred war von seinem leicht gespenstischen und ein wenig aus der Furcht geborenen Vorhaben nicht abzubringen. Er hatte sich in dem stickigen Raum eingeschlossen und die Kerze gelöscht. Und er hatte eine ungestörte Nacht verbracht, wie er am nächsten Morgen berichtete, in der er viel an seinen Vater gedacht hatte, an dessen Verbitterung, Unglück, geistige Überlegenheit, seine unvermittelten Momente durchdringender Vernünftigkeit, und sich nach Kräften bemüht hatte, ihn zu sehen, wie er hochaufgerichtet und voller Ingrimm neben dem Bett einherwandelte. »Oder dir an die Kehle geht«, sagte Horatio, »du respektloses Geschöpf.« – »Alfred, dir würde niemals ein Geist erscheinen«, sagte Cecilia. »Du bist zu geistesabwesend, um Geister zu sehen, du bist nicht aufnahmefähig für sie.« – »Schöpferischen Menschen erscheinen keine Geister«, sagte Alfred und begann von einem Kuhhirten zu erzählen, dem sich der Geist eines ermordeten Bauern samt Heugabel im Brustkorb gezeigt hatte. Arthur Hallam hatte ihr geschildert, wie Alfred seinen ersten und letzten Aufsatz, »Geister« betitelt, den Cambridge Apostles vorgelesen hatte, jenen gelehrten jungen Männern, die sich vorgenommen hatten, die Welt zu einem gerechteren und erfreulicheren Ort zu machen. »Du hättest ihn sehen sollen, liebste Nem, so unendlich stattlich und unendlich schüchtern und betreten, als er Holz in den Kamin schichtete und seine Seiten durchsah, und als er dann mit der Stimme des Märchenerzählers im Ofenwinkel zu sprechen begann und uns alle mit seinem grausigen Gesichtsausdruck fast zu Tode erschreckte.« Den ersten Teil dieser Arbeit hatte er den versammelten Tennysons in Somersby einmal vorgelesen.

Wer dazu ermächtigt ist, von der Welt des Spirituellen zu sprechen, spricht mit einfachen Worten von großen Dingen. Er spricht von Leben und Tod und von dem, was nach dem Tod ist. Er lüpft den Schleier, doch die Gestalt hinter dem Schleier ist in noch tiefere Dunkelheit gehüllt. Er verjagt die Wolke, doch er verdunkelt die Sicht. Mit goldenem Schlüssel öffnet er die eisenspitzenbewehrten Pforten des Beinhauses, die er weit aufreißt. Und aus tiefster Düsternis erscheinen die machtvollen einstigen Gegenwarten, *majores humano*, manche wie im Leben, nur bleicher und mit leisem Lächeln, andere wie im Sterben, noch immer starr vom Eishauch des Todes, und manche so, wie sie begraben wurden, mit gesenkten Lidern, in Totenhemd und verworrenem Bahrtuch.

Die Zuhörer rücken enger aneinander, sie fürchten sich zu atmen, fürchten den eigenen Herzschlag. Die Stimme *dessen*, der als einziger spricht, erfüllt und sättigt das Schweigen wie ein Bergbach in einer stillen Nacht ...

Arthur hatte ihr Geschichtenerzählen geliebt, ihre Gemeinschaft, in der man dramatische Einzelheiten und stimmige Schlüsse zu den Geschichten der anderen beisteuerte. Sein eigenes Zuhause war seinen Worten nach förmlich und steif. Sein Bruder, seine Schwester und er waren die überlebenden Kinder einer Familie, die beinahe so zahlreich gewesen war wie die der Tennysons. Ängstlich hütete man ihre Gesundheit, schützte und hegte man sie, ertüchtigte und unterrichtete man sie. Sie waren keine Kinder, die über die Felder tollten oder in Hecken krochen, sie schossen nicht mit Pfeil und Bogen und ritten nicht ausgelassen übers Land. Ich liebe euch alle, hatte er zu den Tennysons gesagt, und sein schmales Gesicht war vor Glück errötet, denn er wußte, daß er Glück bereitete, da auch sie ihn liebten, er war schön und vollkommen und würde einst ein großer Mann sein, ein Minister oder ein Philosoph, ein Dichter, ein Fürst. Matilda hatte ihn König Artus genannt und ihn mit Lorbeer und Winterling bekränzt. Arthur war nie unfreundlich zu Matilda, die ein wenig seltsam war, ein wenig schroff und launisch, weil sie als kleines Kind auf den Kopf gefallen und deshalb sonderlich geworden war. Im Unterschied zu Alfred hatte Matilda zweifellos Gesichte. Sie und Mary hatten gesehen, wie eine große, weiße Gestalt – von Kopf bis Fuß vermummt – den Weg zum Pfarrhaus entlang gekommen und dann an einer Stelle in die

Hecke verschwunden war, wo sich keine Lücke befand. Matilda war davon zu Tränen bewegt gewesen, sie hatte geweint und wie ein Hund geheult und sich wie in Todesangst auf ihrem Bett gewälzt. Ein paar Tage darauf war sie es gewesen, die nach Spilsby gegangen war und dort im Postamt den furchtbaren Brief abgeholt hatte.

Ihr Freund, mein vielgeliebter Neffe Arthur Hallam, weilt nicht mehr unter uns – Gott in seinem unerforschlichen Ratschluß hat es für gut befunden, ihn von der Erdenbürde zu erlösen und in jene bessere Welt zu versetzen, für die er geschaffen ward.

Er starb auf der Rückkehr aus Buda in Wien am Schlagfluß, und seine sterblichen Überreste werden, soweit ich weiß, aus Triest mit dem Schiff gebracht.

IV

Mr. Hawke arrangierte die Sitzordnung. Er setzte sich zwischen Sophy Sheekhy und Lilias Papagay und legte eine Bibel und eine Ausgabe von Swedenborgs *Himmel und Hölle* vor sich auf den Tisch. Neben Mrs. Papagay saß Mrs. Jesse, neben ihr Mrs. Hearnshaw. Kapitän Jesse saß zwischen Mrs. Hearnshaw und Sophy Sheekhy wie bei einer Parodie auf eine Abendgesellschaft mit zu wenig Herren. Mr. Hawke pflegte die Seancen mit einer Lektüre aus Swedenborg und einer Bibellektüre einzuleiten. Emily Jesse fragte sich manchmal, wie es gekommen war, daß er eine so wichtige Rolle einnahm, denn mediale Fähigkeiten hatte er bisher nicht unter Beweis gestellt. Als sie ihm von den vielversprechenden, wenngleich beunruhigenden Ergebnissen ihrer allerersten behutsamen spiritistischen Experimente erzählt hatte, war sie anfänglich froh gewesen, daß er gebeten hatte, sich ihnen zugesellen zu dürfen. Wie Frederick, ihr ältester Bruder, und ihre Schwester Mary war sie überzeugtes Mitglied der Swedenborgianer und nicht weniger überzeugte Spiritistin. Während die Spiritisten Swedenborg, der so erstaunliche Reisen in das Innere der geistigen Welt gemacht hatte, als Begründer ihrer Glaubensrichtung deklarierten, betrachteten nicht wenige der orthodoxer gesinnten Swedenborgianer mit Unbehagen das, was ihnen als gottloses und gefährliches Kräftemessen der Spiritisten erschien. Mr. Hawke war nicht Priester in der Kirche des Neuen Jerusalem, sondern ein Wanderprediger, der zum Predigen ermächtigt war, ohne sich um eine Gemeinde kümmern zu müssen, was, wie Mr. Hawke gern zu erläutern pflegte, von Swedenborg als Amt eines Sazerdos, Kanonikus oder Flamen bezeichnet wurde. Mit dem Rücken zum Kamin las er vor:

Die Kirche ist im einzelnen Menschen, und im weiteren Sinn bilden mehrere Mensch-Kirchen eine Kirche. Der Mensch als Gemeinschaft von Menschen ist die Kirche von vielen, der Mensch als einzelner ist die Kirche in jedem einzelnen dieser vielen. Die Kirche als Gesamtheit setzt sich aus vielen ähnlichen Elementen zusammen. Der Herr wird im Worte Bräutigam und Mann genannt, die Kirche Braut und Weib, und die Verbindung des Herrn mit der Kirche und andererseits der Kirche mit dem Herrn heißt eine Ehe. Die eheliche Liebe steht in Entsprechung mit der Ehe des Herrn und der Kirche; so wie der Herr die Kirche liebt, will Er, daß die Kirche Ihn liebe, und ebenso sollen Mann und Frau sich gegenseitig lieben.

»Aus der Heiligen Schrift«, fuhr er fort, »wollen wir heute das zwanzigste Kapitel der Offenbarung des Johannes lesen, Vers elf bis fünfzehn.«

Und ich sah einen großen, weißen Thron und den, der darauf saß; und vor seinem Angesicht floh die Erde und der Himmel, und ihnen ward keine Stätte gefunden.

Und ich sah die Toten, beide, groß und klein, stehen vor dem Thron, und Bücher wurden aufgetan. Und ein andres Buch ward aufgetan, welches ist das Buch des Lebens. Und die Toten wurden gerichtet nach dem, was geschrieben steht in den Büchern, nach ihren Werken.

Und das Meer gab die Toten, die darin waren, und der Tod und sein Reich gaben die Toten, die darin waren; und sie wurden gerichtet, ein jeglicher nach seinen Werken.

Und der Tod und sein Reich wurden geworfen in den feurigen Pfuhl. Das ist der zweite Tod: der feurige Pfuhl.

Und so jemand nicht gefunden ward geschrieben in dem Buch des Lebens, der ward geworfen in den feurigen Pfuhl.

Die Worte aus der Offenbarung erfüllten Mrs. Papagay wie stets mit einem wohligen Schaudern; sie liebte ihr tiefes Dröhnen und ihre grellen Farben, das Scharlachrot, das Gold, das Weiß und das Schwarz des Höllenpfuhls. Von Kindesbeinen an hatte sie die seltsamen Visionen und Bilder dieser Bibelstelle geliebt, die Engel, die die Himmel zusammenrollen und für immer wegräumen, die Sterne, die wie ein goldener Feuerregen ins Meer stürzen, die Drachen und Schwerter, das Blut und den Honig, die Heuschreckenschwärme und die Engelscharen, Wesen von reinem Weiß mit feurigen Augen, die ihre goldenen Kronen in das grüne Meer werfen. Oft hatte sie darüber nachgedacht, warum jedermann den grausamen Johannes und seine schreckliche Vision so sehr liebte, und wiederholt hatte sie sich – wie ein guter Psychologe – gesagt, daß die Menschen es lieben, Angst eingejagt zu bekommen – man bedenke nur, wie beliebt die besonders scheußlichen Geschichten des Mr. Poe waren mit ihren Gruben und Pendeln und den lebendigen Leibes Begrabenen. Und nicht allein dies, sie liebten es obendrein, *gerichtet* zu werden, überlegte sie, sie hätten nicht weiterleben können ohne den Glauben, daß ihr Leben in den Augen einer höheren Instanz, die sie beobachtete und ihnen Realität verlieh, von Bedeutung war, von allergrößter Bedeutung. Denn ohne Tod und Gericht, ohne Himmel und Hölle wäre der Mensch nichts anderes als jedes Geschmeiß, als Schmetterlinge und Schmeißfliegen. Und *wenn das alles war* – daß man Tee trank und darauf wartete, ins Bett zu gehen, warum war es uns dann gegeben, so vieles zu ahnen, zu hoffen und zu fürchten, so vieles, was über unseren walbeinumgürteten Busen hinausging, dessen Sorgen dem Ofen galten? Warum gab es dann die weißen, luftigen Gestalten und die Frau, die sich mit der Sonne kleidete, und den Engel, der in der Sonne stand?

Es fiel Mrs. Papagay schwer zu denken aufzuhören. Es gehörte zur spiritistischen Praxis ihres Zirkels, schweigend zu warten, den Kreis zu bilden, einander bei der Hand zu halten und so eine Einheit zu bilden und passiv abzuwarten, so daß die Geister von einem Besitz ergreifen konnten, durch einen sprechen konnten. Anfangs hatten sie ein System von Klopfzeichen und Antworten verwendet, einmal Klopfen für »ja«, zweimal für »nein«, und es geschah noch immer, daß lautes Dröhnen unter dem Tisch oder heftiges Erzittern der Tischplatte sie erschreckte. Aber meistens warteten sie inzwischen ab, bis die Geister ihre Anwesenheit kundtaten, und dann gingen sie zum automatischen Schreiben über – denn alle waren fähig, einen Stift auf das Papier zu halten, und alle – bis auf Kapitän Jesse – hatten Texte produziert, lange oder kurze, die man untersucht und befragt hatte. Und an guten Tagen sprachen die Besucher durch Sophy oder – seltener – durch Mrs. Papagay selbst. Und einige wenige Male hatte Sophy sie sehen können, hatte sie das, was sie sah, den anderen beschreiben können. Sie hatte Mrs. Jesses toten Neffen und tote Nichten gesehen, die drei Kinder ihrer Schwester Cecilia, Edmund, Emily und Lucy, die im Alter von dreizehn, neunzehn und – letztes Jahr erst – einundzwanzig Jahren gestorben waren. So langsam und traurig, dachte Mrs. Papagay, obwohl die Geister beteuerten, wie glücklich und nützlich sie in einem Land ewigen Sommers seien, wo sie zwischen Blumen und Obstgärten voll wunderbaren Lichtes wandelten. Die Hochzeit der Schwester Cecilia hatte der Dichter am Ende von *In Memoriam* als Triumph der Liebe über den Tod gefeiert, als er die kleinen Füße der Braut in ihren Hochzeitsschuhen – Mrs. Papagay konnte sie förmlich sehen – über die Gedenktafeln der Toten in der alten Kirche trippeln ließ. Da wir nun einmal in einem Tal der Tränen leben, so schloß Mrs. Papagay, müssen wir uns dessen vergewissern, daß es das Land der Glückseligkeit gibt. Das ungeborene Kind, die Zukunftshoffnung im Gedicht Tennysons, war gekommen und entschwunden wie A. H. H. selbst, mit welch letzterem keiner von ihnen, nicht einmal Sophy Sheekhy, Verbindung aufzunehmen vermocht hatte.

Der Feuerschein malte Schatten auf Wände und Decken. Kapitän Jesses weiße Mähne sträubte sich wie eine Krone, sein Bart sah aus wie Gottvaters Bart, und Aarons glatter schwarzer Kopf hob sich als rauchige, verschwommene Silhouette ab. Das Flackern warf ein unstetes Licht auf ihre Hände. Mrs. Jesses Hände waren schlank und braun, Zigeunerhände mit glitzernden roten Ringen. Mrs. Hearnshaws weiche weiße Finger bedeckten Trauerringe, die in Miniatursärgen das Haar der toten Kinder enthielten. Mr. Hawkes Hände, auf deren Handrücken vereinzelte rötliche Haare sprießten, waren kaum zu erkennen. Er pflegte seine Nägel sorgsam und trug einen kleinen Siegelring mit einem Blutstein. Er hatte sich angewöhnt, die Hände seiner Nachbarn zur Beruhigung und Ermutigung zu drücken und zu tätscheln. Außerdem konnte Mrs. Papagay seine Knie spüren, die hin und wieder die ihren streiften und, dessen war sie sich gewiß, die Sophy Sheekhys. Ohne darüber nachdenken zu müssen, wußte sie, daß Mr. Hawke in *jener* Hinsicht leicht erregbar war, daß weibliche Körper ihn anzogen und beschäftigten. Sie wußte oder meinte zu wissen, daß ihm die Vorstellung der kühlen, blassen Glieder Sophy Sheekhys gefiel, daß er sich ausmalte, ihr glattes, schmuckloses Mieder aufzuschnüren oder seine Hände an den blassen Beinen unter dem taubengrauen Kleid hinaufgleiten zu lassen. Mit etwas weniger Selbstgewißheit wußte sie auch, daß Sophy Sheekhy auf dieses Interesse nicht reagierte. Sophys blasse Hände, die sogar unter den Nägeln kein Rosa aufwiesen, ruhten reglos und gelassen in seiner Hand, ohne jedes aufgeregte Schwitzen, davon war Mrs. Papagay überzeugt. Sophy schien sich für solche Dinge nicht zu interessieren. Ein Teil ihres Erfolgs als Medium mochte sich dieser Reinheit verdanken. Sie war ein reines Gefäß, das kühl und träumerisch wartete.

Mrs. Papagay wußte auch, daß Mr. Hawke sich damit beschäftigt hatte, ihre Möglichkeiten als Quell menschlicher Wärme abzuschätzen. Sie hatte ihn dabei ertappt, wie er seinen Blick unwillkürlich abwägend auf ihrer Brust und ihrer Taille ruhen ließ, sie hatte gespürt, wie seine warmen Finger in Augenblicken der Erregung ihre Handfläche massierten. Einige Male war sie seinem Blick begegnet, der ihren vollen Mund und ihre noch immer üppigen Locken begutachtete. Sie hatte ihn dabei nie ermutigt, aber sie hatte ihn ebensowenig – wie es möglich gewesen wäre – mit einem Blick ein für allemal abgewiesen, wenn er sie zu lange ansah oder sie zufällig berührte. Sie versuchte, das Für und Wider abzuwägen. Sie vermutete, daß jede Frau Mr. Hawke ohne viel Umstände *haben* konnte, wenn sie es nur wollte, vorausgesetzt, sie war füllig genug und bereit, ihn zu ermutigen. Wollte sie Mrs. Hawke werden? Tatsächlich wollte sie Arturo wiederhaben, sie wollte das, was Swedenborg die »ehelichen Freuden« ihres Ehelebens genannt hätte. Sie wollte in den Armen ihres Mannes in ehelich duftenden Laken schlafen. Arturo hatte sie vieles gelehrt, und sie war eine gelehrige Schülerin gewesen. Er hatte den Mut gefaßt, seiner staunenden Ehefrau von dem zu erzählen, was er in zahlreichen Häfen erlebt hatte, was er mit Frauen erlebt hatte – das wagte er, und er wurde wagemutiger, als er begriff, daß seine erstaunliche Frau keinen Anstoß daran nahm, sondern eingehende Wißbegier zeigte. Sie, Lilias Papagay, konnte Mr. Hawke oder jedem anderen einige Dinge beibringen, die ihn nicht schlecht staunen machen würden. Wenn sie das über sich brachte nach Arturo. Sie hatte einmal einen schrecklichen Alptraum geträumt, in dem sie Arturo umarmt und sich von einem großen Meeraal oder Drachen oder einer Seeschlange umschlungen gefunden hatte, und dieses Geschöpf war mit Körperteilen Arturos versehen. Doch der wiederkehrende Traum, in dem Arturo lebend zurückkam, war alles in allem »ein traurgeres Erwachen noch«. »O Lieb, kehr du getrost zurück«, sagte Mrs. Papagay zu sich selbst, zu ihrem toten Mann. Ihr Daumen wurde von Mr. Hawkes Daumen berührt und gestreichelt. Sie bemühte sich, ihren Geist auf den Zweck der Versammlung zu konzentrieren. Sie schämte sich für die eigene Unaufmerksamkeit, als sie die ängstlich gespannte Erwartung auf Mrs. Hearnshaws flächigem, sanftem Gesicht sah.

Sophy Sheekhy fiel es weitaus leichter als Mrs. Papagay, sich von allen Gedanken zu befreien. Schon bevor Mrs. Papagay sie veranlaßt hatte, einen Beruf daraus zu machen, war es ihr eine ständige Quelle von Entzücken, Erschrecken und Verlegenheit gewesen, in verschiedene Bewußtseinsstadien zu schlüpfen und zu gleiten, als würde ihr Körper in seine Kleidungsstücke schlüpfen oder sich in warmes Wasser oder kalte Winterluft begeben. Eine ihrer liebsten Bibelstellen, die auch zu den liebsten Stellen Mr. Hawkes gehörte, weil sie ihm erlaubte, sich über Swedenborgs Erfahrungen zu verbreiten, war die Geschichte des Paulus im zweiten Brief an die Korinther, zwölftes Kapitel.

Ich kenne einen Menschen in Christus; vor vierzehn Jahren – ist er in dem Leibe gewesen, so weiß ich's nicht; oder ist er außer dem Leibe gewesen, so weiß ich's auch nicht; Gott weiß es – da ward derselbe entrückt bis an den dritten Himmel.

Und ich kenne denselben Menschen – ob er in dem Leibe oder außer dem Leibe gewesen ist, weiß ich nicht; Gott weiß es –, der ward entrückt in das Paradies und hörte unaussprechliche Worte, welche ein Mensch nicht sagen darf.

Von demselben will ich rühmen; von mir selbst aber will ich nicht rühmen, nur meine Schwachheit.

Ihr gefiel die wiederholte mehrdeutige Wendung, »ob er in dem Leibe oder außer dem Leibe gewesen ist, weiß ich nicht; Gott weiß es«. Diese Worte beschrieben Zustände, in die sie verfiel, und sie konnten dank ihres Rhythmus' wie Lyrik dazu benutzt werden, solche Zustände herbeizuführen. Man sagte sie sich selbst solange auf, bis sie zuerst *ganz fremd* zu klingen begannen, als wären alle Wörter verrückt geworden und zeigten lauter glitzernde gläserne Härchen, und dann einfach und sinnlos klangen, als wären sie durchsichtige Wassertropfen. Und man war da und zugleich nicht da, Sophy Sheekhy saß da wie eine Zisterzienserin, ihr Gesicht nach unten gekehrt, und schaute. Schaute was? Sophy hatte nie den Eindruck, daß es einen auffallenden Unterschied gab zwischen Wesen und Gegenständen, denen man im Traum begegnete, Wesen und Gegenständen, die man durch Fenster oder draußen auf dem Damm erblickte, Wesen und Gegenständen, die in der Bibel und in Gedichten beschworen wurden, und jenen Wesen, die aus dem Nichts erschienen und kurze Zeit verweilten, die man anderen Menschen beschreiben konnte, die man sehen, riechen, hören und beinahe berühren und schmecken konnte – manche waren süß, manche von rauchigem Geschmack. Wenn sie des Nachts im Bett lag und darauf wartete, einzuschlafen, sah sie die verschiedensten Prozessionen, bisweilen in der dunklen Luft, bisweilen in ihren eigenen Welten, die sie mit sich brachten, ob fremd oder vertraut, in Wüstendünen, struppigen Heidelandschaften, im Innern dunkler Schränke, in Feuersglut, in fruchtreichen Obstgärten. Sie sah Vogelschwärme und Wolken von Schmetterlingen, Kamele und Lamas, kleine, nackte schwarze Menschen und eingehüllte Tote mit zusammengebundenen Kinnladen, die aufrecht standen und leuchteten. Sie sah brennende Eidechsen und Klumpen unendlich großer und unendlich kleiner goldener Kugeln, sie sah durchsichtige Lilien und wandelnde gläserne Pyramiden. Andere unbeschreibliche Geschöpfe wanderten durch ihr Bewußtsein – etwas, was an einen purpurnen Ofenschirm mit fransenbesetzten silbrigen Armen denken ließ, näherte sich, öffnete und schloß sich, wobei es ein Gefühl großer Zufriedenheit verströmte, und eine Art orangeroten Igels des Schmerzes blähte sich und platzte vor ihren Augen. Viele dieser Gesichte schilderte sie nie. Sie waren ihre Welt. Manche der Dinge, die erschienen oder gerufen werden konnten, waren jedoch komplette Menschen mit Gesichtern und Geschichten, und langsam und schmerzlich hatte sie gelernt, daß man sie benötigte – auf beiden Seiten, so wollte es scheinen –, damit sie zwischen diesen Wesen und jenen anderen vermittelte, die sie weder sehen noch hören konnten. Um so schwerer die Hoffnung wog, um so saugender der Strudel des Schmerzes *im Diesseits* sein Verlangen kundtat, um so schwerer fiel es Sophy Sheekhy, das zu tun, was man von ihr verlangte, jene ganz besonderen Besucher unter allen anderen herbeizurufen und zum Bleiben und Sprechen zu bewegen. Manchmal hatte sie den Eindruck, von ihnen erwürgt zu werden – von den Lebenden, nicht von den Toten.

Heute spürte sie, daß Aktivitäten den Raum erfüllten, als sie sich zu sammeln begann. Sie war es gewohnt, sich gemächlich im Kreis umzusehen und seine Mitglieder auf abstrakte Weise wahrzunehmen, indem sie gewissermaßen körperlich deren Gedanken und Empfindungen aufnahm und dann abwarf, um zu lauschen. Oftmals sah sie außerhalb des Kreises der Lebenden einen zweiten von Wesen, die hereindrängten, voller Verlangen und Neugier, die es nach einem Publikum verlangte, die es danach verlangte, zu wirbeln oder zu kichern oder zu heulen. Gelassen betrachtete sie ihre Hände, Mr. Hawkes Finger, die die Haut zwischen den ihren streichelten, und ließ ihre Hände kalt werden wie Totenhände, kalt wie Stein, und saß da mit einer schweren Marmorhand, aus der alles Leben in ihr Herz zurückgeflossen war. Sie sah Mr. Hawke an und erblickte, wie es oft geschah, an seiner Statt eine Art enthäuteter rötlicher Kreatur aus gebranntem Lehm, dem Hund Pug nicht unähnlich, oder eine Gestalt, die sie an einen glasierten chinesischen Löwen oder ein Satinnadelkissen mit glasköpfigen Nadeln darin erinnerte, die die gleiche Farbe hatten wie die erregt schimmernde Spitze jenes Körperteils von Mr. Popes, den er steif aufgerichtet vor sich hergetragen hatte, als er schlafend in ihre Dachkammer gewandelt war und dabei sonderbar heiser gestöhnt hatte, bevor sie ihren Körper so kalt wie einen toten Fisch hatte werden lassen, so kalt wie einen Pfirsich aus Marmor, als er ihn mit seiner heißen Hand berührt hatte, so daß er zurückgesprungen war, als hätte er sich am Eis verbrannt.

Mrs. Papagay sah sie als Mrs. Papagay, weil sie sie so liebte, wie sie war, wenngleich sie ihren Kopf mit den Federn von Pfauen und Leierschwänzen und weißesten Straußen bekrönt sah, als wäre sie eine Südseekönigin. Mrs. Hearnshaw sah sie oft feucht und vor Nässe glänzend, auf Speckwülsten kauernd, wie eine dem Wasser entstiegene Seejungfrau, wie einen großen Seelöwen auf einem Felsen, der den Mond anheult. Manchmal war es, als könne sie in Mrs. Hearnshaw hineinsehen wie in eine Vase oder einen Kelch und Lebewesen sich darin regen sehen wie Pfirsiche in einem Vorratsgefäß. Und neben Mrs. Hearnshaw saß Kapitän Jesse und hielt ihre andere Hand. Einmal hatte sie ein großes, weißgefiedertes Tier erblickt, als sie zu ihm hinsah, ein Tier mit großen, mächtigen Schwingen und stolzem Schnabel, das in seinen Brustkorb gezwängt war wie in einen Käfig und mit goldenen nichtmenschlichen Augen hinausstarrte. Später, sie war sich dessen gewiß, daß es später gewesen war, hatte Kapitän Jesse ihr Stiche von dem großen weißen Albatros gezeigt, den er auf seinen Polarreisen gesehen hatte. Er hatte ihr von den Schneewüsten dort erzählt und von den Schlittenhunden mit ihren blauen Augen, die man schlachtete, wenn sie entkräftet waren. Er hatte ihr von Spalten im Eis erzählt, in denen Männer spurlos versanken, im smaragdgrünen Eis – der Dichter hatte recht, sagte Kapitän Jesse zu Sophy Sheekhy, das Eis ist tatsächlich smaragdgrün, ganz exakt so, meine Liebe, ein völlig glaubwürdiges Bild.

Mrs. Jesse sah Sophy Sheekhy manchmal als junge schöne Frau in schwarzem Kleid und mit einer weißen Rose in ihrem dunklen Haar, so, wie *er* sie gern gesehen hatte. Sie hatte festgestellt, daß man mit einem emotionslosen Blick fast immer das junge Mädchen wiederfinden konnte, das es einst gegeben hatte, und ebenso die alte Hexe, die es einst geben würde. Sie sah Mrs. Jesse als Hexe, in schwarze Lumpen und Fetzen gekleidet und mit spitzem Kinn, krummer Nase und zahnlos verzogenem Mund. Das junge Mädchen wartete geduldig ab, und die faltigen Hände der alten Frau lagen neben den Klauen des Raben oder streichelten das schlaffe Fettpolster an Pugs Nacken.

»Sollen wir es mit einem Lied versuchen?« schlug Mrs. Papagay vor. Es war ihre Aufgabe, den Weg zur Geisterwelt zu eröffnen, nachdem Mr. Hawke der Heiligen Schrift ihren gebührenden Platz eingeräumt hatte. Ihr eigenes Lieblingslied war »Heilig, heilig, heilig« von Bischof Hebster, und es war auch das Tennysons und Sophy Sheekhys, die wie von gläsernen Pfeilen der Freude durchbohrt erschauerte, wenn sie die Worte vernahm:

Heilig, heilig, heilig! So singen alle Heiligen,
Die ihre goldnen Kronen in das grüne Meer werfen
Und Dir, o Herr, voll Demut huldigen,
Wie es auch halten alle Cherubim und Seraphim,
Denn Du allein warst und bist und wirst ewiglich
bestehen.

Mrs. Hearnshaw hingegen hatte eine Vorliebe für »Dort, wo die Kindlein selig weilen« und für

Um Gottes Thron viel Engel schön
Der Andacht voll im Kreise stehn
Sie schauen des Schöpfers Herrlichkeit
Und tragen golden Kron und Kleid.

Sie sangen beide Lieder und erhoben dabei die verschränkten Hände rhythmisch im Kreis, so daß sie spürten, wie eine Kraft über die Finger weitergegeben wurde, ein elektrischer

Impuls, der es ermöglichen konnte, Verbindung zum Land der Toten aufzunehmen.

Das Feuer sank ein wenig in sich zusammen. Die Dunkelheit nahm zu. Sophy Sheekhy sagte mit klarer, ruhiger Stimme: »Geister sind unter uns, ich spüre ihre Gegenwart, und ich rieche Rosenduft. Kann jemand anders außer mir den Rosenduft wahrnehmen?«

Mrs. Papagay sagte, es wolle ihr scheinen, als könne auch sie Rosen riechen. Emily Jesse atmete tief ein und hatte den Eindruck, durch Aarons Leberausdünstung und die Nachwirkungen eines Furzes Pugs – worüber eine Bemerkung zu verlieren alle Anwesenden viel zu wohlerzogen waren – hindurch schwaches Rosenaroma zu erahnen. Mr. Hawke schnüffelte vernehmlich, und Sophy bat ihn freundlich, leise zu sein, da sich keine Manifestation einstellen würde, wenn er sich zu sehr bemühte, es gelte, passiv und empfänglich zu verharren. Und plötzlich rief Mrs. Hearnshaw: »Oh, ich kann es riechen, ich kann es riechen, eine Duftwelle wie in einem sommerlichen Garten.« Mrs. Papagay sagte: »Es hat sich mir mitgeteilt, daß wir an einen Rosengarten denken sollen, einen Garten voller Rosenhecken und rosenbewachsener Pergolen, mit lieblichen Rasenflächen und großen Beeten voller Rosen in allen erdenklichen Farben, rot, weiß, cremefarben, alle Schattierungen von Rosa, goldgelb, doch auch Farben, die wir Sterblichen uns nicht vorzustellen vermögen, Rosen, die wie Feuer glühen, und Rosen, deren Herz von himmelfarbenem Blau und von glänzender, samtener Schwärze ist ...«

Sie dachten an diesen Rosengarten. Jeder nahm jetzt den köstlichen Geruch wahr. Der Tisch unter dem Kreis ihrer verschränkten Hände begann zu vibrieren und zu zittern. Mrs. Papagay sagte: »Ist hier ein Geist anwesend?«

Drei schnelle Klopfzeichen.

»Ist es ein Geist, den wir kennen?«

Es hagelte geradezu Klopfzeichen.

Kapitän Jesse sagte: »Fünfzehn, wenn ich richtig gezählt habe. Fünfzehn. Fünf mal drei. Fünf Geister, die wir kennen, verstehen Sie? Vielleicht Ihre Kinder, Mrs. Hearnshaw.«

Mrs. Hearnshaws Schmerz und Hoffnung und Furcht bemächtigten sich Sophys, als würde ein riesenhafter Schnabel an ihr zerren, und unwillkürlich stieß sie einen leisen Schrei aus.

»Vielleicht ist es aber auch ein böser Geist«, sagte Mr. Hawke.

Mrs. Papagay sagte: »Willst du zu uns sprechen?«

Zwei Klopflaute deuteten Unentschlossenheit an.

»Zu *einem* von uns?«

Wieder fünfzehn Klopfzeichen.

»Willst du zu Mrs. Hearnshaw sprechen?«

Drei Klopfzeichen.

»Wenn wir die Feder ergreifen, willst du sie dann führen? Willst du uns sagen, wer du bist?«

»Wer soll schreiben?« fragte Mrs. Papagay den oder die Besucher. Sie zählte nacheinander alle Teilnehmer der Seance auf, und die Geister entschieden sich für sie, Mrs. Papagay, wie sie es erhofft und erwartet hatte. Sie konnte den Sog zwischen Mrs. Hearnshaw und Sophy spüren, einen Sog aus ungetrübtem Schmerz und etwas wie glitzernder Leere, und sie begriff instinktiv, daß sie eingreifen mußte, wenn dieser Hunger gelindert und nicht gesteigert werden sollte. Sie wünschte sich eine *gute* Botschaft für die arme, ihrer Kinder beraubte Frau, sie sandte ein kleines Gebet um Trost zu den Engeln, gewährt ihr Trost, sagte sie innerlich zu ihnen, bevor sie die Feder ergriff und pflichtschuldig ihren Geist leerte, damit er die Botschaften empfangen konnte, die durch ihre Finger laufen sollten.

Jedesmal, wenn ihre Hand sich ohne Willensregung ihrerseits zu bewegen begann, verspürte sie einen Augenblick lang Furcht. Bei einem Verwandtenbesuch in den South Downs hatte man sie einmal mitgenommen, einen Rutengänger bei der Arbeit zu beobachten; er hielt einen gegabelten Haselnußzweig über eine Wiese, und plötzlich hatte der Zweig in seinen Händen sich emporgerichtet und zu zucken begonnen. Der Mann hatte das dunkelhaarige Mädchen zwischen seinen ungläubig dreinblickenden Eltern angesehen, ihm den Zweig hingehalten und gesagt: »Versuch du es, versuch es.« Sie hatte den Zweig angeschaut, als wäre er ein Messer, und ihr Vater hatte lachend gesagt: »Sei nicht so ängstlich, Lilias, es ist nichts weiter als ein Stück Holz.« Und zuerst war es das gewesen, abgeschnittenes Holz, totes Holz, und sie hatte sich zögernd und steif über das Gras bewegt und war sich dabei sehr töricht vorgekommen. Und mit einemmal hatte sich etwas in und an dem Stück Holz gerührt, so daß es sich in ihren Händen wand und aufbäumte, und sie hatte vor Angst geschrien, so unwillkürlich, daß keiner von ihnen länger am Eigenleben der Wünschelrute zweifelte. Im nachhinein ließ sich dieses Experiment als frühe Erkenntnis der Kräfte des animalischen Magnetismus präsentieren. In spiritistischen Kreisen schilderte Mrs. Papagay es als das unmittelbare Erleben spiritueller Kraft, die sich durch ihre Finger ergoß, als einen ersten Hinweis auf jene Kräfte, die sie möglicherweise besaß. Damals jedoch hatte sie sich fast zu Tode geängstigt, und noch heute, jedesmal, wenn sie die Feder ergriff, empfand sie eine kreatürliche Angst trotz allen Hoffens und Betens. Federn konnten das gleiche Eigenleben entwickeln wie Haselruten. Der Haselzweig bäumte und wand sich in den Händen des Kindes, und was hieß das? Kalte, unsichtbare Wasserläufe unter der Erde. Und welche buchstabenbildende Kraft war hinter der Feder, wenn sie sich in ihren passiven Fingern wand und bäumte?

Mrs. Papagays automatisches Schreiben begann meist mit einem etwas ziellosen Herumsuchen in Ketten von Wörtern, die sich ganz zufällig *ergaben*, bis sich aus dem Gekritzel eine Botschaft oder ein Antlitz ablesen ließ, so wie ein müßig kritzelnder Stift unversehens sprechende Augen unter einer breiten Stirn abbilden kann, indem er von beliebigen Arabesken zu zwingend genauer Abbildung übergeht. Der Bleistift schrieb:

Hände Hände über Händen Hand über unter darüber zwischen unter Händen kleine Patschhändchen weiche Patschhändchen Ring Rosen Hände tangverschlungen auf kahlem kahler Straße Schädel nicht Schädel weiches Haupt Himmelspforten offen in kleinem Haupt kalte Hände so kalt so kalte Hände nie mehr kalt Ring und Rosen AMY AMY AMY AMY AMY liebe mich ich liebe dich wir lieben dich im rosigen Garten lieben wir dich deine Tränen schmerzen uns sie brennen wie Eis auf unserer weichen Haut kalte Hände sind hier rosig wir lieben dich.

»Sprechen Sie, Mrs. Hearnshaw«, sagte Mrs. Jesse.

»Seid ihr meine Kinder? Wo seid ihr?«

Wir wachsen in einem Rosengarten. Wir sind deine Amys. Wir beobachten dich wir wachen über dich wir sehen alles was du tust du wirst zu uns kommen nicht bald nicht bald.

»Werde ich euch erkennen?« fragte die Frau. Zu Emily Jesse sagte sie: »Ich erinnere mich an den Duft ihrer kleinen Köpfe.«

Wir sind jetzt älter. Wir wachsen und werden klüger. Die Engel sehen uns lächelnd an und lehren uns Wissen.

»Habt ihr eurer Mutter etwas Bestimmtes mitzuteilen?« fragte Mrs. Papagay.

Der Stift beschrieb eine große, schnörkelige Kurve auf dem Blatt und begann plötzlich konzentriert zu schreiben, nicht mit den runden Kinderbuchstaben, die er bisher produziert hatte.

Wir sahen einen neuen Bruder oder eine Schwester wie ein Samenkorn entstehen, das im Dunkeln wächst, wir freuen uns an der Hoffnung auf dieses Kind in der dunklen Erde und in unserem Rosengarten. Wir wollen, daß du sie voll Hoffnung und Liebe und Zutrauen erwartest und ohne Furcht, denn wenn es ihr bestimmt ist, schon bald in unser Land des Sommers zu gelangen, wird sie um so glücklicher sein, und du wirst den Schmerz in dieser Gewißheit tragen, wie du den Schmerz ihres Eintritts in die Welt tragen mußt, so wirst du den Schmerz ihres Gehens tragen, unsere tote gute Mutter, tote gute, wir lieben dich, und du sollst sie lieben. Du sollst ihr nicht unseren Namen geben. Wir weilen hier und haben teil am ewigen Leben und teilen unseren Namen, doch das ist genug. Wir sind fünf Finger einer rosigen Hand.

Mrs. Hearnshaw sah aus, als befände sie sich in völliger Auflösung. Ihr Körper zitterte und waberte, ihr breites Gesicht zerfloß in einem Tränenstrom, ihr Hals glitzerte vor Nässe, ihre großen Brüste bebten, ihre Arme bedeckten Feuchtigkeitsflecken. Sie sagte: »*Wie* soll ich sie nennen? Mit welchem Namen?«

Eine Pause trat ein. Dann, mühsam, in Großbuchstaben: »ROSA.« Eine längere Pause. »MUNDI.«

Dann, in der konzentrierten Handschrift:

Rosamunde, Rose der Welt, und deshalb hoffen wir daß sie eine Zeitlang bei dir bleiben und dich auf der dunklen Erde glücklich machen kann geliebte Mama es ist uns nicht gegeben zu wissen ob es so sein wird und wir werden uns freuen eine neue Rose in unseren Kreis aufzunehmen wenn es so kommen sollte doch sie wird gesund sein wenn du stark bist sie wird auf deiner Erde viele Jahre leben darauf vertrauen wir und das hoffen wir geliebte tote Mutter.

Es war eine Eigenart von Mrs. Papagays automatischem Schreiben, das Wort »tot« zu bilden, wenn eindeutig »gut« oder »geliebt« gemeint war, und umgekehrt. Es passierte immer wieder, und die Versammelten waren übereingekommen, diesem Umstand nicht allzuviel Bedeutung beizumessen, mit Ausnahme Mr. Hawkes, der sich gefragt hatte, ob die Verwechslung der Wörter nicht eine verborgene Bedeutung oder Absicht verriet. Mrs. Papagay empfand ein gewisses Entsetzen über die Gewißheit, mit der die Geister verkündet hatten, daß Mrs. Hearnshaw erneut guter Hoffnung sei und daß das Kind ein Mädchen sein werde. Ihr waren Botschaften von taktvoller Mehrdeutigkeit wie die des delphischen Orakels lieber. Mrs. Jesse trocknete Mrs. Hearnshaw mit einem zerknitterten Taschentuch ab, an dem sie sich die Finger nach Aarons Fütterung abgewischt hatte. Sophy Sheekhy hatte eine opake Perltönung angenommen und saß unbeweglich da wie ein Standbild. Mr. Hawke kaprizierte sich erwartungsgemäß auf den wissenschaftlich überprüfbaren Aspekt all dieser so ergreifenden Botschaften.

»Das ist eine echte Prophezeiung, Mrs. Papagay. Die sich bewahrheiten kann oder nicht.«

Mrs. Hearnshaw wurde von einer neuen salzigen Flut überwältigt. »O Mr. Hawke, das ist es ja eben. Was sie gesagt haben, trifft zu. Ich weiß es erst seit einer Woche mit Gewißheit – und ich habe noch zu niemandem etwas gesagt, nicht einmal zu meinem lieben Gatten –, doch es verhält sich ganz gewiß so, wie sie sagen, ich bin abermals guter Hoffnung, und um der Wahrheit die Ehre zu geben, muß ich gestehen, daß es weit mehr Schrecken als Hoffnung war, was ich empfand, und das ist nach meinen Erfahrungen wohl nur zu verständlich und gewiß kein unnatürlicher Gedanke, und die lieben Kleinen haben meine Angst gespürt und verstanden und haben versucht, mich zu trösten.« Machtvolle Seufzer gluckten in ihrem feisten weißen Hals. »Ich tat, was ich konnte, um – zu verhüten – ich hatte die *Hoffnung* fast ganz aufgegeben – ich konnte nichts als Schrecken und Entsetzen empfinden –«

Mrs. Papagays unbezähmbare Phantasie versetzte sich sofort in das eheliche Schlafgemach Mrs. Hearnshaws, entsetzt, lüstern und erregt. Sie sah die üppige weinende Frau ihr Haar bürsten – sie besaß gewiß eine recht kostspielige Elfenbeinbürste, o ja, und einen kleinen Drehspiegel, und vermutlich trug sie einen schwarzen Seidenmorgenrock, einen *Trauer*morgenrock, und bürstete ihr dichtes Haar, und all ihren Schmuck hatte sie abgenommen, die Trauerringe und Armbänder, die Kreuze und Medaillons aus Jett und Ebenholz, die traurig zwischen den Kerzen vor ihr lagen wie ein kleiner Schrein für fünf Amys. Und dann käme der kleine Mr. Hearnshaw, ein kleiner Mann, wie eine schwarze Wespe, mit einem riesigen, steifen schwarzen Backenbart, der ihn größer wirken lassen sollte, und einem widerspenstigen Schopf aus dickem schwarzen Haar, der an eine Pferdemähne erinnerte. Und an einem intimen Zeichen wäre zu erkennen, daß es *das* war, was er wollte. Vielleicht würde er leise hinter sie treten und eine Locke oder zwei hochheben und ihren traurigen Nacken küssen oder ihn mit den Fingern streicheln, sofern er die erforderliche Phantasie besaß. Und der Kopf der armen Frau würde sich tiefer und tiefer senken, denn sie wollte ihre eheliche Pflicht tun, fürchtete sich jedoch, fürchtete sich von Anfang an vor der Vorstellung des Samens, der eindrang ... Mrs. Papagay rief ihre zügellose Phantasie streng zur Ordnung, doch der Ruf verhallte ungehört. Mr. Hearnshaw packte Mrs. Hearnshaw bei den Schultern und steuerte sie zum Bett hin. Mrs. Papagay stellte sich das Bett vor; sie verlieh ihm rote Samtvorhänge, die sie aus Gründen der Unwahrscheinlichkeit wieder verwarf. Das Bett war groß und *dunkel*, dessen war sie sich gewiß, und üppig wie Mrs. Hearnshaw selbst; es wies eine purpurne seidenbezogene Daunendecke und frische Leintücher auf, die nach Lavendel dufteten. Es war ein Bett, das man besteigen mußte, und Mrs.

Hearnshaw stieg langsam hinein, sie hatte den Morgenrock ausgezogen und trug nun ein weißes baumwollenes Nachthemd mit Broderie anglaise-Verzierungen und schwarzen Bändern. Als sie sich beim Hineinklettern über das Bett beugte, baumelten ihre schweren Brüste im weiten Nachthemd, während er hinter ihr stand und ihre breiten Hüften umklammerte, so stellte Mrs. Papagay es sich vor, daß der stachlige kleine Mann sie *schob*, wie man eine Sau in den Koben treibt. Sie stellte sich seine weißen Beine unter dem gestreiften Nachthemd vor, mit widerspenstigen schwarzen Haaren wie mit Schriftzeichen bedeckt. Dünne, kräftige, *kantige* Beine, die nichts Gemütliches hatten.

Und dann kam der Dialog.

»Meine Liebe, es *muß* sein ...«

»Nein, bitte. Ich habe Kopfschmerzen.«

»Es muß sein, es muß sein. Sei gut zu mir, mein Schatz. Es muß sein.«

»Ich ertrage es nicht. Ich fürchte mich zu sehr.«

»Der Herrgott wird uns schützen. Wir müssen seinen Willen erfüllen und uns seiner Vorsehung anvertrauen.«

Und sein Backenbart würde unterdessen ihr Gesicht kitzeln, seine kleinen Hände würden sich in ihr weiches Fleisch graben und seine spitzen Knie in ihre weißen Flanken.

»Ich weiß nicht, ob ich –«

Mit unvermittelter Empörung stellte Mrs. Papagay sich vor, wie der kleine Mann die Frau bestieg und sich abmühte, von seinem männlichen Drang besessen, ohne Rücksicht. Dann schämte sie sich reumütig der eigenen Inszenierung, die die Empörung bewirkt hatte, und bemühte sich um ein anderes Bild – das zweier trostbedürftiger Menschen, die einander liebten und sich im Dunkeln einander zuwandten, vom jeweils eigenen Kummer erfüllt, die einander in der Umarmung Trost zu spenden versuchten, wobei aus der Wärme des Tröstens ganz natürlich der Stachel des Begehrens erwuchs. Aber dieses Bild wirkte weit weniger einleuchtend als das erste. Mrs. Papagay wandte sich wieder der Seance zu – denn die ganze Handlung war innerhalb kaum einer Minute zum Leben erwacht und wieder erloschen –, und sie dachte darüber nach, ob andere sich ebenfalls auf diese Weise im eigenen Kopf Geschichten erzählten, ob jedermann sich die anderen so zurechtlegte, die Lebenden und die Toten, bei jeder Gelegenheit, ob das, was sie über Mrs. Hearnshaw wußte, als Wissen oder als Lügen zu betrachten war oder als Mischung aus beidem, insofern die Geister *gewußt* hatten, was Mrs. Hearnshaw bestätigt hatte, daß sie in der Tat *enceinte* war.

V

»Etwas weilt unter uns«, verkündete Sophy Sheekhy in träumerischem Ton. »Zwischen Sofa und Fenster. Ein lebendes Wesen.«

Alle blickten zu der dunklen Ecke, und diejenigen, welche Sophy Sheekhy gegenübersaßen, insbesondere Emily Jesse, verdrehten den Hals, um über die eigene Schulter zu schauen, ohne mehr zu sehen als die unscharfen Umrisse der Granatäpfel, Vögel und Lilien aus der Werkstatt William Morris'.

»Können Sie es erkennen?« fragte Mrs. Papagay. »Ist es ein Geist?«

»Ich kann es erkennen. Ich weiß nicht, was es ist. Ich kann es beschreiben. Bis zu einem gewissen Punkt. Viele seiner Farben kann ich nicht benennen.«

»Beschreiben Sie es.«

»Es besteht aus einer Substanz, die an – wie soll ich sagen –, an *geflochtenes Glas* erinnert. Wie Glasröhren, Zöpfen vergleichbar zusammengebunden, oder wie die Abbildungen der Muskeln enthäuteter Menschen – doch diese Stränge hier sehen aus wie geschmolzenes Glas, das sehr heiß zu sein scheint, denn es sondert ein helles, *zischendes* Licht ab. Das Wesen hat die Form eines großen Flakons oder einer Flasche, doch es lebt. Es besitzt glühende Augen auf allen Seiten eines hohen gläsernen Kopfes, und es hat einen ganz langen Schnabel – oder Rüssel –, sein langer Hals ist leicht gebeugt, und seine Nase oder sein Schnabel oder Rüssel – steckt in seinen – in den Falten oder Kannelüren – dessen, was aussieht wie seine glühende Brust. Und es besteht aus lauter Augen, aus goldenen Augen, *innen drin* ... es hat Federn, wenn man so will, drei, drei Lagen von Federn in allen Farben – die Farben kann ich nicht schildern – Federn wie ein Kleid aus Nebel, und unter seinem – seinem Kopf ist eine Art Halskrause – und um seine Mitte herum etwas wie ein Umhang – und ich kann nicht sagen, ob es etwas wie eine Schleppe oder einen Schwanz oder geflügelte Füße besitzt, das kann ich nicht *sehen*, weil es sich immer bewegt und dabei schimmert und blinkt und Licht verstrahlt, und ich habe das Gefühl, ich habe den Eindruck, daß es nicht will, daß ich es erniedrige, indem ich mit Menschenworten Beschreibungen und Vergleiche anstelle – es war nicht einverstanden, als ich es ›Flakon oder Flasche‹ nannte, ich konnte seinen Ärger als etwas Heißes spüren, aber ich kann auch spüren, daß es will, daß ich es beschreibe.«

»Ist es feindselig?« fragte Kapitän Jesse.

»Nein«, sagte Sophy Sheekhy bedächtig. Sie sagte: »Es ist reizbar.«

»Gürtend Lenden und Schenkel mit flaumigem Gold / Und Farben, dem Himmel entliehen«, sagte Mrs. Jesse.

»Können Sie es auch sehen?« fragte Sophy Sheekhy.

»Nein. Ich habe die Beschreibung des Erzengels Raphael in Miltons *Verlorenem Paradies* zitiert. ›Ein Seraph, mit drei Flügelpaaren versehen, / Beschattend seine göttergleichen Züge.‹«

Kapitän Jesse sagte: »Was die Flügel von Engeln betrifft, das ist recht interessant. Man hat darauf hingewiesen, daß Engel einen weit vorgewölbten Brustknochen benötigen würden, um das Gewicht ihrer Flügel auszubalancieren, genau wie bei einem Vogel, bei einem großen Vogel, nicht wahr, genau so einen Brustknochen.«

Mrs. Jesse sagte: »Mein Bruder Horatio sah einmal einer Bildhauerin zu, die ein Retabel für eine Kirche fertigte, und brachte sie aus der Fassung, als er sagte: ›Engel sind eigentlich nur ungeschlachtes Geflügel.‹«

»Leichtfertigkeit in einem solchen Augenblick, Mrs. Jesse ...«, sagte Mr. Hawke.

»Der Herrgott macht uns, wie wir sind, Mr. Hawke«,

erwiderte Mrs. Jesse. »Er weiß, daß ein wenig Leichtfertigkeit auf ihre Weise Ausdruck von Ehrfurcht ist, Ausdruck davon, daß es uns schwerfällt, Wunder aufzunehmen. Sollen wir etwa annehmen, daß Miss Sheekhy in diesem Augenblick die reine Form eines Engels vor Augen hat? Einen Engel, der wie bei Dr. Donne aus Luft besteht –

> Ein Engel, dessen Antlitz, dessen Flügel
> Aus Luft, wenn auch nicht rein wie diese …

Kann man denn einen Engel als Glasflasche mit Rüssel schildern?«

Selbst in ihren eindrücklichsten, visionärsten und tragischsten Momenten behielt die Seance etwas vom Salongeplänkel. Nicht daß Mrs. Jesse nicht geglaubt hätte, daß Sophy Sheekhy den Besucher sah; daß sie es tat, stand außer Zweifel; es verhielt sich eher so, daß sich überall Reste von Ungläubigkeit, von Skepsis, von trostreicher und tröstlicher uneingestandener animalischer *Ignoranz* des Unsichtbaren verbargen, die zügelnd wirkten und zu einer Art vorsichtiger Vernunft ermunterten.

Mr. Hawke sagte einsichtig: »Möglicherweise sieht Miss Sheekhy die Form, welche die Gedanken eines Engels in der niederen Welt der Geister annehmen. Swedenborg weiß manch Merkwürdiges von Absonderungen der Engel zu berichten, welche als Überreste vergangener Geisteszustände innerlich zum künftigen Gebrauch aufbewahrt werden, und er war der Ansicht, daß solche *Absonderungen* den Kindern im Mutterleibe einverleibt werden, indem sie Überbleibsel einstiger ehelicher Liebe unter den Engeln sind – denn da Gemütsbewegungen *organische, belebte Gebilde* darstellen, ist sehr wohl denkbar, daß wir ihrer unter gewissen Umständen gewahr werden und sie mit unseren Sinnen erfassen können.«

Mr. Hawke, dachte Mrs. Papagay, würde auch dann noch

theoretisieren, wenn ein feuriger Cherub mit Flammenschwert auf ihn zuschritte, um ihn bis auf die Knochen zu versengen. Er würde erklären, wie es dazu kam, während die Sterne wie reife Feigen von einem geschüttelten Feigenbaum vom Himmel ins Meer stürzten.

Sophy Sheekhy betrachtete die Kreatur, die in ihren schimmernden Wedeln zu brodeln schien, und dies bewirkte, daß ihr abwechselnd heiß und kalt war; ihre Haut färbte sich scharlachrot und war im nächsten Augenblick blaß und klamm, sobald die heiße Flut wich. Der Flakon oder das Gefäß, woraus das Geschöpf bestand, schien von Augen erfüllt zu sein, aus großen goldenen Augen zu bestehen, wie Froschlaich aus Gallert besteht. Dennoch kam es ihr vor, als könne diese ganze Masse glühenden Sehens sie nicht wirklich ausmachen, als sei die Wahrnehmung dieses Geschöpfs von dem Raum, in dem sie sich befanden, und von den Personen darin weniger deutlich und genau als ihre Wahrnehmung seiner. Es summte ihr schmerzlich klingende Töne zu, die ihr Ohr verletzten.

»Es befiehlt: ›Schreib!‹« sagte sie mit erstickter Stimme.

Mrs. Papagay sah besorgt auf und erkannte, daß Sophy Sheekhy sich in Gefahr befand.

»Wer soll schreiben?« fragte sie, um zu helfen.

Sophy ergriff einen Bleistift. Mrs. Papagay sah, wie sich die Sehnen an ihrem Nacken spannten. Sie sagte zu den anderen: »Seien Sie bitte vorsichtig. Dieser Verkehr ist für das Medium äußerst schmerzlich und gefährlich. Seien Sie bitte ganz ruhig, konzentrieren Sie sich darauf, ihr zu helfen.«

Der Stift bewegte sich ein wenig und erzeugte eine klare, elegante Handschrift, die nicht das geringste mit Sophys großen, runden Schulmädchenbuchstaben zu tun hatte.

Du bist weder heiß noch kalt. Ich wollte, du wärst heiß oder kalt.

Deine Dummheit gibt mir vielerlei zu denken.
Erfülle deine heilige Pflicht und nie vergiß
Unsere vielgeliebte Tote:

Laodicea Laodicea

Der Stift verharrte und bewegte sich dann zurück; er strich »Laodicea« durch und schrieb langsam und sorgfältig

Theodicaea Noviss Novissima. Verlorene Überreste, seine geliebten Überreste, die auf den milden Ozean-Wüsten segeln, ihre dunkle Fracht. Verloren, verloren.

Deine dunkle Fracht ein verlorenes Leben.

Mrs. Papagay spürte die je verschiedene und doch von allen geteilte Emotion im Raum. Mrs. Hearnshaw atmete schwer vor Fassungslosigkeit. Mr. Hawke, der sich nicht so leicht beeindrucken ließ, war damit beschäftigt, die Botschaft zu entziffern. Er sagte: »Offenbarung 3,15 bis 16. Die Heilige Schrift befahl dem Engel der Gemeinde zu Laodicea zu schreiben: ›Ich weiß deine Werke, daß du weder kalt noch warm bist. Ach, daß du kalt oder warm wärest! / Weil du aber lau bist und weder warm noch kalt, werde ich dich ausspeien aus meinem Munde.‹ Unser mangelnder Eifer wird uns dort vorgeworfen. Theodicaea hingegen sagt mir gar nichts – möglicherweise bemühen wir uns in Margate nicht eifrig genug darum, das Reich Gottes zu fördern. Aber die Wörter sind nicht verwandt.«

Kapitän Jesse sagte: »Eine der Gedichtzeilen stammt aus *In Memoriam*, wenn ich mich nicht täusche. Es ist eine der Zeilen über das Schiff, das den Toten nach Hause bringt. ›Deine dunkle Fracht, ein verlorenes Leben.‹ Diese Zeile hat mich immer ganz besonders beeindruckt, denn das *Gewicht* der Fracht, wenn ich es so ausdrücken darf, ist das Gewicht der Abwesenheit, dessen, was vergangen ist, eines verlorenen Lebens. Nicht das, was bleibt, wiegt schwer, sondern das, was nicht mehr ist, was verborgen ist, ein Bild, das man als Paradoxon bezeichnet, wenn ich mich nicht täusche, oder? Das Schiff segelt in unheilschwangerer Stille über die *milde* Ozeanfläche, es gleitet dahin wie ein Geist, wie das Schiff, das ...«

»Richard, du redest zuviel«, sagte Mrs. Jesse. »Jedermann weiß, daß diese Zeile aus dem Gedicht meines Bruders stammt. Die Geister wählen oft genug dieses Gedicht, um zu uns zu sprechen, es scheint sich ihrer besonderen Gunst zu erfreuen und das nicht nur in diesem Haus, wo es von Natur aus im Mittelpunkt unserer Gedanken steht, sondern in vielen anderen, in vielen anderen.«

Sie wandte ihr dunkles, leidenschaftliches Gesicht im Halbdämmer Sophy Sheekhy zu. Neben ihr schüttelte der Rabe sein Gefieder, und der kleine Hund entblößte seine spitzen Zähne.

»An wen richtet sich bitte diese Botschaft? Und von wem stammt sie?«

»Wer ist ›unsere vielgeliebte Tote‹?« fügte Mr. Hawke zur Hilfe hinzu; seinen flinken Verstand beschäftigte das spirituelle Rätsel.

Sophy Sheekhy starrte den Besucher an, dessen Augen wie unter immateriellem Konvektionsstrom glühten. Sie griff abermals zum Stift:

> Im Donner deine Stimme tönt
> Im Wasserrauschen hör' ich sie
> Im Sonnenaufgang stehest du
> Bist schön im Sonnenuntergang.
> Offenbarung 2,4.

Mr. Hawke war mit Feuereifer bei der Sache. »Der Engel in der Sonne gehört in der Tat in die Offenbarung, aber er kommt nicht in Kapitel 2, Vers 4 vor, sondern in Kapitel 19, Vers 17 und 18, wo es heißt: ›Und ich sah einen Engel in der Sonne stehen, und er rief mit großer Stimme und sprach zu allen Vögeln, die unter dem Himmel fliegen: Kommt, versammelt euch zu dem großen Mahl Gottes, daß ihr esset das Fleisch der Könige und der Hauptleute –‹«

»Wir kennen die Stelle, Mr. Hawke«, sagte Mrs. Jesse. »Es handelt sich, wie Sie sagen, um Offenbarung 19, 17 bis 18.«

Kapitän Jesse hatte die Bibel auf dem Tisch in die Hand genommen und las vor: »Hier ist die Stelle aus Kapitel 2, Vers 4. Sie gilt dem Engel der Gemeinde zu Ephesus. ›Aber ich habe wider dich, daß du die erste Liebe verlässest.‹ Erstaunlich. Sehr interessant. Was mag das heißen?«

»Wer ist unsere vielgeliebte Tote?« fragte Mr. Hawke beharrlich.

»Es ist eine Übersetzung aus dem Italienischen, aus einem der Sonette in Dantes *Vita Nuova*«, sagte Mrs. Jesse kurzangebunden. »Die Tote ist Beatrice, die im Alter von fünfundzwanzig Jahren starb und den Dichter zum Schreiben der *Göttlichen Komödie* inspirierte. Er war ihr im Alter von neun Jahren zum erstenmal begegnet und blieb ihrem Gedächtnis treu, obwohl er nach ihrem Tod geheiratet hat. Will unser Besucher, Miss Sheekhy, uns nicht offenbaren, an wen sich diese Botschaften richten?«

Sophy Sheekhy blickte die glühenden Augen und federähnlichen Fransen an.

»Er wird schwächer«, sagte sie.

Der Stift schrieb: »Owe der tot. Owe min E. Owe.«

»Es ist für Sie, Mrs. Jesse«, sagte Mrs. Hearnshaw, die mit Mrs. Jesses Lebensgeschichte nicht allzu vertraut war und deshalb nicht weiter beunruhigt war durch den leicht bedrohlichen Ton der Botschaften, so wie er Mrs. Jesse erscheinen mußte.

»Das vermute ich auch«, sagte Mrs. Jesse. »Aber wir wissen nicht, von *wem* sie sind. Wir wissen, daß vielerlei Geister, lebende wie tote, in den Kreis eintreten können.«

Sie erhob beide Hände, hielt sie gegen ihren Kopf mit

seinen silbrigdunklen Haarfittichen und durchbrach damit den Kreis. Von dieser Bewegung animiert, hob der Rabe plötzlich seine großen Schwingen, die er über seinem Kopf aneinanderlegte, wobei er den schwarzen Schnabel aufriß und eine schwarze, spitze, schlangengleiche Zunge sehen ließ, was er mit einer Reihe heiserer, mißtönender Schreie begleitete. Dunkle, gefiederte Schatten zuckten über die Zimmerdecke. Pug erwachte aus seinem Schlummer und machte ein Geräusch, das halb rauhes Knurren, halb ersticktes Schnarchen war, gefolgt von einem explosiven Rumpeln in seinem Bauch. Ein Liliputvesuv aus Kohlen fiel im Kamin in sich zusammen und flackerte unstet zuerst scharlachrot, dann karmesinrot, wobei zischend etwas Gas entwich. Sophy Sheekhys Besucher bestand nur mehr aus einigen hellen Linien, die sich von der Dunkelheit abhoben, einem Diagramm, das heller war als die goldenen Früchte und sternförmigen weißen Blüten auf dem Sofa hinter ihm, und dann war alles verschwunden. Mrs. Papagay beendete den Abend. Nur zu gern hätte sie Mrs. Jesse näher über die Bedeutung der Botschaften ihres Besuchers ausgefragt, denn daß sie eine Bedeutung für Mrs. Jesse besaßen, eine sehr genaue sogar, daß die Geister offenbar einen wunden Punkt getroffen hatten und daß Mrs. Jesse keineswegs gesonnen war, ihr Wissen darum mit den übrigen zu teilen, das stand für sie außer Frage. Für gewöhnlich tranken sie nach diesen Veranstaltungen eine Tasse Tee oder Kaffee miteinander und tauschten sich über die Bedeutung dessen aus, was sich ihnen offenbart hatte, doch an diesem Abend bemerkte Mrs. Papagay, Mrs. Jesse sei ermüdet und sie täten gut daran, bald zu gehen.

Mrs. Jesse dankte ihr nicht dafür. Kapitän Jesse setzte zu einem langen und unzusammenhängenden Monolog über die Schilderung des Meeres in Tennysons berühmtem Gedicht an. Insbesondere die Strophen über die Bestattung auf hoher See erregten seine Bewunderung. »Man könnte einwenden, daß er das Zeremoniell mit den Augen eines Landbewohners sieht, was zweifellos zutrifft, ein Landbewohner empfindet dem Ozean gegenüber anders als ein Seemann. Ich glaube, daß das Meer für den Seemann sowohl selbstverständlicher und allgegenwärtiger als auch *geheimnisvoller* ist als für den Landbewohner; nachdrücklich wird dem Seemann vor Augen geführt, daß um ihn herum und bis in tiefste Tiefen rastloses Salzwasser ist, in dem er nicht überleben könnte, und vielleicht betrachtet er deshalb unsere menschliche Existenz als etwas naturgegeben Kurzlebiges und Unsicheres; der Landbewohner unterliegt stärker der Illusion des Beständigen und Dauerhaften, nicht wahr, und ihn beeindruckt folglich das Verschwinden des Leichnams im Wasser weit stärker, obgleich ich gestehen muß, daß mir persönlich der Anblick eines solchen Leichnams, der versinkt und dabei eine weiße Spur von Luftblasen hinter sich herzieht, weil die Luft ins Wasser gerät, nicht wahr, und sich auf diese Weise nach oben bewegt, da sie nicht anders kann, während der Leichnam sich langsamer und langsamer in das Element begibt, in dem er die letzte Ruhe finden wird – daß mir ein solcher Anblick noch immer schmerzliche Beklemmung und ein Gefühl des Erschreckens verursacht hat – alle Seeleute fürchten dieses Element und zu Recht – und Sie würden staunen, wenn Sie wüßten, wie viele Seeleute sich leise die Zeilen über die Mutter aufsagen, die darum betet, daß Gott ihren Sohn beschützen möge, während im gleichen Augenblick

Sein Leichentuch aus dichtem Stoff
Fällt in das weite, ruhelose Grab.

›Weite, ruhelose Grab‹, das ist gut ausgedrückt, sehr gut sogar. Die Seeleute bewahren dieses Buch unter ihrem Kopfkissen auf, wissen Sie, sie schätzen es, daß der Dichter erfaßt hat ...«

»Du redest zuviel, Richard«, sagte Mrs. Jesse.

VI

Eine Droschke brachte Mrs. Hearnshaw nach Hause. Mr. Hawke bot an, die anderen zwei Damen nach Hause zu begleiten – es lag auf seinem Weg, es war dunkel, der Spaziergang würde ihnen allen guttun. Auf dem Trottoir versuchte er, beiden Damen gleichzeitig den Arm zu reichen, doch Sophy Sheekhy wich zurück, und so kam es, daß Mr. Hawke und Mrs. Papagay die Strandpromenade entlang vorangingen, mit ein paar Schritten Abstand von Sophy gefolgt wie von einem gehorsamen Kind. Gaslaternen standen an der Promenade, deren gelbe Flammen züngelten und leuchteten. Hinter ihnen lag das tintenschwarze Meer, in dem der leise Wind bisweilen weiße Schaumkronen aufwirbelte. In der Tat ein weites, ruheloses Grab, dachte Mrs. Papagay. Arturo bestand inzwischen vermutlich aus feingeschliffenen weißen Knochen. Wahrscheinlich hatte niemand dafür Sorge getragen, ihn in ein gewichtbeschwertes Leichentuch einzunähen. O Lieb, kehr du getrost zurück. Nimmermehr, murmelte ihr Verstand.

Mr. Hawke sagte: »Ich *verabscheue* diesen Vogel, Mrs. Papagay. Seine Anwesenheit bei diesen Anlässen erscheint mir als außerordentlich unpassend. Ich habe wiederholt versucht, dies anzusprechen, aber Mrs. Jesse stellt sich einfach taub. Der kleine Hund ist alles andere als ein angenehmes Tier, er stinkt, um es nicht durch die Blume zu sagen, Mrs. Papagay. Aber der Vogel macht mir manchmal den Eindruck, als sei er von einem bösen Geist besessen.«

»Mich erinnert er jedesmal an Edgar Allan Poes Raben, Mr. Hawke.

›Grauslich grimmer alter Rabe, Wanderer aus nächtger Sphär –
Sag, welch hohen Namen gab man dir in Plutos nächtger Sphär?
Sprach der Rabe: ‚Nimmermehr.'‹«

»Es läßt sich nicht leicht erraten«, sagte Mr. Hawke, »ob dieses Gedicht Ausfluß eines makabren Humors ist oder ein wahrheitsgetreues Nachempfinden des Schmerzes, den wir über den Verlust unserer geliebten Dahingeschiedenen verspüren. Sein allzu munterer Rhythmus verträgt sich schlecht mit dem melancholischen und düsteren Inhalt.«

»Es ist sehr leicht zu lernen«, sagte Mrs. Papagay, »und wenn man es auswendig kann, geht es einem nicht mehr aus dem Sinn.«

Sie drapierte ihren weichen Schal mit der freien Hand enger um den Hals und zitierte aufs Geratewohl.

»Doch was Trübes ich auch dachte, dieses Tier mich lächeln machte,
Immer noch, und also rollt' ich stracks mir einen Sessel her
Und ließ die Gedanken fliehen, reihte wilde Theorien,
Phantasie an Phantasien: wie's wohl zu verstehen wär' –
Wie dies grimme, ominöse Wesen zu verstehen wär',
Wenn es krächzte: ›Nimmermehr.‹
[...]
Brütend über Ungewissem legt' ich, hin und her gerissen,
Meinen Kopf aufs samtne Kissen, das *ihr* Haupt einst drückte hehr –
Auf das violette Kissen, das ihr Haupt einst drückte hehr,
Doch nun, ach! drückt nimmermehr!«

»Zweifellos sehr *lebendig*«, sagte Mr. Hawke in zweifelndem Ton. »Als Schilderung übermächtiger Trauer, wie Sie in Ihrer Tätigkeit und mit Ihren Gaben, Mrs. Papagay, dies gewiß im

Übermaß erleben müssen. Sehr beeindruckt hat mich heute abend die Verwandtschaft einiger der uns mitgeteilten Botschaften zu Mrs. Jesses Situation. ›Aber ich habe wider dich, daß du die erste Liebe verlässest.‹ Es besteht eine gewisse Zurückhaltung zum Thema der Zuträglichkeit einer zweiten Eheschließung, insbesondere seit wir wissen, daß der menschliche Partner das Grab als Geist zur Gänze überlebt. Welche Meinung haben Sie dazu, Mrs. Papagay?«

»In Indien«, sagte Mrs. Papagay, »verlangt man meines Wissens von den Witwen, daß sie neben ihrem toten Gebieter auf dem Scheiterhaufen Platz nehmen und sich freien Willens verbrennen lassen. Es kommt mich hart an, mir solches vorzustellen, und doch geschieht es und ist, wie es heißt, nichts Unübliches.«

Sie hatte *versucht*, sich die Frau in ihren Seidengewändern vorzustellen, die exaltiert die übereinandergeschichteten duftenden Hölzer erklomm, um das einbalsamierte tote Fleisch zu umarmen. Sie versuchte, sich die Flammen vorzustellen. Es gelang ihr recht gut, sich den unwillkürlichen, heftigen Widerstand der Unwilligen vorzustellen, deren junges Leben sich aufbäumte, und die dunklen Hände und strengen Gesichter derer, die sie demütigten, fesselten, überwältigten.

»Aber in einer christlichen Gesellschaft«, beharrte Mr. Hawke. »Hat beispielsweise Mrs. Jesse richtig oder falsch gehandelt?«

»Mrs. Jesse war dem jungen Mann nur *versprochen*«, antwortete Mrs. Papagay ausweichend. »Eine Ehe hat es nicht gegeben.«

»Was dies betrifft«, sagte Mr. Hawke, »lehrt Swedenborg, wie Sie wissen, daß die wahre eheliche Liebe einem jeden meist nur ein einziges Mal widerfährt, daß unsere Seelen nur einen Gefährten besitzen, eine einzige vollkommene zweite Hälfte, die unablässig zu suchen wir gehalten sind. Daß ein Engel die zwei Hälften in *ehelicher Liebe* in sich vereinigt, denn in einer solchen himmlischen Ehe – und nichts anderes als eine Ehe mit und in dem inneren Menschen ist der Himmel – verbindet sich die Wahrheit dem Guten, der Verstand dem Willen, der Gedanke dem Fühlen, da, wie man uns lehrt, Wahrheit und Verstand und Gedanke männlicher Natur, Gutes, Wille und Fühlen weiblicher Natur sind.

Und deshalb sind zwei Eheleute im Himmel nicht zwei, sondern ein Engel, und das bedeuten, wie Swedenborg uns sagt, die Worte des Herrn: ›Habt ihr nicht gelesen, daß er, der sie schuf, zu Anbeginn der Welt, sie als Mann und Frau erschuf? Und daß er sagte: Darum wird ein Mann seinen Vater und seine Mutter verlassen und seinem Weibe anhangen, und sie werden sein *ein* Fleisch? Weswegen sie nicht zwei sind, sondern ein Fleisch, und was Gott verbunden hat, das soll der Mensch nicht trennen.‹«

»Das ist schön gesagt und sehr wahr«, sagte Mrs. Papagay unaufrichtig. Ihre Phantasie konnte mit dem Guten, dem Willen, dem Wahren und dem Verstand nichts anfangen; es waren kalte, nichtige Wörtlein, wertlos wie das Kleingeld, das sonntags klirrend in den Klingelbeutel fiel. »Ein Fleisch« konnte sie sich vorstellen, das Tier mit den zwei Rücken, wie Arturo es genannt hatte, verbunden mit einem köstlichen Gefühl warmen Verschmelzens und Vergehens auf der Körperoberfläche von der Brust bis zu jenem Schlüssel in seinem Schloß, der sie vereinte.

Mr. Hawke tätschelte ihre Hand, die sittsam auf seinem Arm ruhte, mit seiner freien Hand. Er sagte: »Swedenborg schildert die ehelichen Wonnen des Himmels in den herrlichsten Farben des Regenbogens. Er weiß zu berichten, daß die eheliche Liebe im innersten Himmel – wo sie einen Zustand der Unschuld bildet, Mrs. Papagay – in Form wunderschöner Gegenstände zu sehen ist, beispielsweise als liebliche Jungfrau in einer leuchtenden Wolke oder als Atmosphären, so hell wie Diamanten und funkelnd wie Karfunkel und Rubine. Alle Engel, Mrs. Papagay, sind bekleidet, wie es ihrer Natur entspricht, so wie alles im Himmel einander entspricht. Die intelligentesten Engel besitzen Gewänder, die wie Flammen lodern, während die weniger intelligenten Gewänder von durchsichtigem oder opakem Weiß ohne jeden Schmuck tragen und die noch weniger intelligenten Gewänder in unterschiedlichen Farben. Die Engel jedoch im innersten Himmelsrund sind nackt.«

Mr. Hawke, der ein wenig außer Atem war, legte eine dramatische Pause ein und tätschelte Mrs. Papagays behandschuhte Hand auf seinem Arm. Mrs. Papagay war von dem Wort »Karfunkel« abgelenkt, das sie immer, wenn sie vom Himmel las oder hörte, mit dem Wort »Karbunkel« in Verbindung brachte, welches ihr stets Bilder von häßlichen Schwellungen auf Nasen und Hinterteilen vor Augen führte. Man stelle sich vor, Karbunkel auf dem inneren Menschen, versuchte etwas in ihr zu flüstern – etwas, was von Arturo beeinflußt war.

»Swedenborg«, dröhnte Mr. Hawke weiter, »war der erste Religionsstifter, der dem Ausdruck sexueller Glückseligkeit im Himmel den Platz einräumte, den er auf Erden in den Herzen vieler von uns innehat – er war der erste, der erahnte und festhielt, daß irdische und himmlische Liebe in ihrer höchsten Vollendung eines Wesens sind. Ist dies nicht eine edle und mutige Auffassung von unserer Natur und unserer *wahren* Pflicht?«

»Es ist besser freien, als von Begierde verzehrt werden«, zitierte Mrs. Papagay versonnen die düstere Ermahnung des Weiberfeinds Paulus, wobei sie an ihre eigene seelische und körperliche Verfassung dachte. Mr. Hawke machte sie vorsichtig auf seine eigene diskrete Begierde aufmerksam.

»Und Sie, Mrs. Papagay? Könnten Sie sich unter irgendwelchen Umständen eine zweite Eheschließung vorstellen? Empfindet ihre spirituelle Natur das Bedürfnis nach einem Seelengefährten? Ich hoffe, Sie fassen meine Fragen nicht als Impertinenz auf. Dergleichen läge mir fern. Was mich bewegt, ist lebhafte – höchst lebhafte – Anteilnahme an Ihrem

Wohlergehen, an Ihrem Wesen, zu welchem das meine sich hingezogen fühlt, wie Sie mit Ihrem großen Feingefühl bereits erkannt haben werden.«

Geschickt eingefädelt, dachte Mrs. Papagay, die nicht umhin konnte, ihm dafür innerlich Beifall zu spenden. Er stellte ihr eine Frage und ließ beiden den Ausweg eines ehrenvollen Rückzugs auf das Gebiet des Spirituellen offen. Er war ehrlich und gleichzeitig unaufrichtig. Bravo, dachte Mrs. Papagay, während sie zum dunklen Meer hinausblickte und an Arturo dachte, der darunter ruhte. War Arturo ihr Seelengefährte, die zweite Hälfte ihres Engels? Sie hätte es nicht zu sagen vermocht. Sie wußte nur, daß Arturo ihren Körper auf Weisen beglückt hatte, die sie zuvor nicht zu denken gewußt hätte, daß seine Berührung Tausende köstlicher Flammen geweckt hatte, daß ihr jeden Tag in Nase und Bauch sein Geruch nach Männlichkeit, nach Salz, Tabak, Trockenheit und Begierde fehlte. Und der Körper, dem sie soviel Entzükken verdankte, trieb in Fetzen und Fragmenten in all den Tonnen kalten Wassers umher. Ihr automatisches Schreiben hatte sich einiger seiner Privatwörter bedient. »Kleine Patschhändchen«, hatte der Stift geschrieben. »Kleine Lilias mit ihren Patschhändchen und -füßchen«, hatte Arturo gesagt. Sie hätte nicht mit Sicherheit sagen können, ob das Wort eine mißglückte Übersetzung aus einer seiner vielen Sprachen war oder seine private Bezeichnung für das, was er zu küssen und zu streicheln liebte. Sie nahm an, daß höchstwahrscheinlich ihr eigenes Inneres Arturos Wort geschickt in die Botschaft der Amys Mrs. Hearnshaws eingeschmuggelt hatte. Vielleicht war es aber auch Arturo gewesen, der ihr sagte, daß er da war.

»Ich weiß es nicht wirklich, Mr. Hawke«, sagte Mrs. Papagay. »Ich war glücklich mit Kapitän Papagay, und ich trauere um ihn und habe mich mit einem einsamen Leben auf dieser Welt abgefunden. Ich behelfe mich, so gut ich eben kann. Ich bemühe mich, ein gutes und tätiges Leben zu führen. Ich kann nicht leugnen, daß ich das Eheleben misse, doch ergeht dies wohl den meisten Frauen so, den meisten Menschen; es ist ein ganz natürliches Gefühl. Zu ›Seelengefährten‹ weiß ich nichts zu sagen. Ich habe erlebt, wie Männer und Frauen von der Liebe zueinander *verzehrt* wurden, doch ist das eine Befindlichkeit, die ich nicht erheische, die ich mir nicht einmal vorzustellen vermag. Die Behaglichkeit eines gemeinsamen Herdes hingegen, eines gemeinsamen Lebens, gegenseitiger Zuneigung – diese zu begehren gestehe ich wohl, so sehr ich mich auch bemühe, mit meinem gegenwärtigen Los zufrieden zu sein.«

»Dieses Glück und diese Behaglichkeit waren mir bisher versagt, Mrs. Papagay. Einst hatte es den Anschein, als könne ich – doch der Kelch wurde von mir genommen, als meine Lippen sich anschickten, ihn zu berühren. Auch ich fand mich mit der Halbexistenz des Einsamen ab. Im nachhinein glaube ich nicht, daß ich damals meine Seelengefährtin gefunden hatte, wenngleich es mir damals so scheinen wollte. Swedenborg sagt, der Herr sei sich angesichts des inneren Menschen dessen bewußt, daß viele irdische Ehen eingehen, weil sie ernsthaft nach dem einen wahren Seelengefährten suchen, und er verurteile diese Ehen keineswegs, wie er die Unzucht verurteilt, die aus leichtfertiger Gesinnung begangen wird.«

Mrs. Papagay wußte nicht recht, was sie darauf antworten sollte. Sie sagte: »Meinen Sie, Mr. Hawke, daß man sich über die Identität einer ... solchen Person im unklaren sein kann?«

»Dies kann man meiner Meinung nach sehr wohl, Mrs. Papagay. Ich glaube, daß ein Mann viele Frauen ansehen und sich dabei fragen kann: Ist sie es, ist sie es nicht? und ernstlich unschlüssig sein kann. Ganz gewiß habe ich mich dies oft gefragt, doch sicher war ich mir nie.«

Sie gingen schweigend weiter, und hinter ihnen huschte Sophy Sheekhy in ihren taubengrauen Stiefeletten.

Sie erreichten Mrs. Papagays Haus; sie waren es gewohnt, zu dritt ein Glas Sherry oder Portwein zu sich zu nehmen, bevor Mr. Hawke seiner Wege ging. Es war ein hohes, schmalbrüstiges Reihenhaus mit einem Türklopfer in Form eines Fischs, der Arturo gut gefallen hatte und den Sophy Sheekhy liebte. Betsy, die als Mädchen für alles fungierte, hatte Anweisung, an kalten Winterabenden, wenn sie erschöpft von den Seancen zurückkehrten, rechtzeitig ein Feuer anzuzünden. Das Feuer brannte fröhlich im Kamin des Salons, der sich im ersten Stock hinter hohen, engen Fenstern befand und ein hoher, enger Raum war. Mrs. Papagay machte sich mit Gläsern und Karaffen zu schaffen. Mr. Hawke stand vor dem Kamin und wärmte seine Beine. Sophy Sheekhy saß etwas entfernt vom Feuer und den beiden anderen und lehnte sich mit geschlossenen Augen im Sessel zurück. Mr. Hawke richtete das Wort an sie.

»Meine Liebe, haben die Erlebnisse des heutigen Tages Sie sehr ermüdet? Das Geschöpf, das Sie uns schilderten, war in der Tat höchst sonderbar beschaffen – zu sonderbar, um ein Produkt der Einbildungskraft zu sein, was eine erstaunliche Gabe ist.«

»Ich bin wirklich sehr müde«, sagte Sophy Sheekhy. »Ich glaube nicht, daß ich ein Glas Portwein vertragen könnte. Ich werde lieber etwas Milch zu mir nehmen, wenn Sie gestatten, Mrs. Papagay, und mich bald zurückziehen. Mir ist sehr unwohl. Irgend etwas wurde nicht *beendet*. Ich fühle mich bedrückt. Ich benötige Ruhe und Stille.«

Sie konnte kaum die Lider heben, als sie für die Milch dankte, und ihre Glieder waren wie schwerer Marmor. Sie trank in kleinen Schlucken, während Mr. Hawke seinen Portwein genoß und das Feuer hin und wieder aufflackerte und die Mischung aus Rauchgeruch und Meereskühle zerstreute, die im Raum zu hängen schien.

Sophy Sheekhy erhob sich träumerisch und verabschiedete sich, um ins Bett zu gehen. Mr. Hawke saß seiner Gastgeberin gegenüber in einem Armlehnstuhl. Als sie aufstand, um sein Glas nachzufüllen, erhaschte Mrs. Papagay einen Blick auf sich in dem Spiegel über dem Tisch, und sie fand, daß sie noch recht blühend aussah. Ihr Teint war frisch, gesund, ihre großen Augen beschatteten noch immer dichte schwarze Wimpern, ihre Nase war kräftig gebogen, doch im Rahmen des Dekorums, und sie hatte weder allzuviel Gewicht erlangt noch verloren. Sie begegnete dem eigenen herausfordernden und fragenden Blick und sah hinter sich Mr. Hawke, der ihre Taille und ihre Hüften mit einem Blick abschätzte, den sie kannte. Er wird einen Antrag machen, dessen war sie sich mit einem Mal gewiß. Er wird sich erklären und wird eine Antwort verlangen.

Sie ließ sich Zeit beim Hantieren mit der Karaffe und überlegte, was sie antworten sollte. Als achtbare verheiratete Frau hätte sie es viel leichter. Sie brauchte Gesellschaft, sie brauchte Geplauder und jemanden, um den sie sich kümmern konnte; Sophy Sheekhy war weder gesellig noch neugierig, sie lebte tatsächlich in einer anderen Welt. Mr. Hawke konnte man vielleicht dazu erziehen, hin und wieder zu lachen und sein feierliches Gehabe etwas zurückzunehmen; ein so lüsterner Mann konnte doch hinter den geschlossenen Türen eines ehrbaren Heims nicht nur der bigotte Moralapostel sein. Ich scheue vor dem zurück, was möglicherweise meine größte Chance ist, ermahnte sie sich. Ich muß zumindest halbwegs ermutigend sein, ich muß vorsichtig dosierte Wärme zeigen, das wird das beste sein, ich lasse ihn gewähren und werde sehen, wie er ist und was er tut.

Mr. Hawke räusperte sich mit einem vernehmlichen »Hm.« – »Ich würde gerne nochmals auf unser früheres Gesprächsthema zurückkommen, Mrs. Papagay. Ich würde das Gespräch gerne – rein hypothetisch – etwas persönlicher halten. Hier sitzen wir am Kamin beieinander, so recht behaglich, wie mir scheinen will, und ganz ungezwungen und erfreuen uns an den guten Dingen, die das Leben zu bieten hat, und teilen obendrein edle Ideale, erhabene Empfindungen, das Wissen um –« Seine Worte nahmen eine Wendung, die er nicht beabsichtigt hatte, aber sein Predigerton gewann unversehens die Oberhand, »das Wissen um das Unsichtbare, die Geisterwelt, welche sich uns in so vielem offenbart, uns nahe und der Wunder voll ist.«

»Gewiß«, sagte Mrs. Papagay. »So ist es, und dafür müssen wir dankbar sein.«

Das, so fand sie, klang ein wenig *unehrlich*.

»Ich habe mir mit der Hoffnung geschmeichelt«, sagte Mr. Hawke, »daß es mir gegeben war, Ihre Einsamkeit zu lindern kraft meines Interesses – meines – *Verständnisses* – meiner Zuneigung, wenn ich so weit gehen darf, dies zu sagen?«

»Ganz gewiß«, erwiderte Mrs. Papagay mit bewußt feierlicher Unverbindlichkeit. Er kann sich nicht entscheiden, ob er sich in einer Kirche oder in einem Salon befindet, dachte sie. Würde er es je können? Würde er im Schlafzimmer den Unterschied erkennen? Würde er – mit seiner Gattin – ausführlich am Bett beten oder sogar – ihre Phantasie mischte sich wieder ein – während des Beischlafs?

»Lilias«, sagte Mr. Hawke. »Wie schön wäre es, wenn ich Sie von Rechts wegen Lilias nennen könnte.«

»Es ist lange her, daß man mich Lilias genannt hat«, sagte Mrs. Papagay.

Und dann tat Mr. Hawke etwas Schreckliches.

»Hiob«, sagte er, »ich heiße Hiob« und stürzte sich im Wortsinn auf Mrs. Papagay, die auf ihrem kirschroten Sofa saß, vielleicht weil er gestolpert war, wie sie später dachte, vielleicht hatte er nur beabsichtigt, sich zu ihren Füßen niederzusetzen oder ihr die Hand zu küssen, doch in der Realität warf er seine kleine rundliche Person mehr oder weniger in ihren schwarzseidenen Schoß, so, als würde Mrs. Jesses Pug unversehens einen schwerfälligen Sprung auf das Sofa tun, und seine Hände zerrten an ihrem Busen und sein portweingetränkter Atem drang in ihre Lippen und Nasenlöcher ein. Und Mrs. Papagay, diese weltkluge Frau, schrie laut auf und wehrte ihn wie im Reflex mit starken Händen ab, so daß er auf seinem Hinterteil auf dem Kaminvorleger landete, krampfhaft nach ihren Knöcheln griff und mit purpurrot angelaufenem Gesicht krächzend schnaufte.

VII

Emily Jesse zündete die Öllampe an und betrachtete die Ergebnisse des automatischen Schreibens. Das Dienstmädchen, eine pausbackige, dreiste, hysterische Person mit einer Neigung zu sherryumflorten Ohnmachtsanfällen und der dämonischen Fähigkeit, Whisky aus Karaffen und Silberlöffel aus ihren Etuis wegzuzaubern, räumte die Teetassen ab und stocherte im ersterbenden Feuer. Kapitän Jesse ging vor dem Fenster auf und ab; er sah nach den Sternen hinaus und führte Selbstgespräche über das Wetter, als gelte es, das Haus über tiefe Strudel hinweg einem fernen Hafen entgegenzusteuern. Er murmelte mathematische Berechnungen und kommentierte die Sichtbarkeit der Gestirne Sirius, Kassiopeia und der Plejaden. »Du redest zuviel, Richard«, sagte Emily automatisch, während sie über den Blättern die Stirn runzelte. Sie hatte einmal zufällig mitangehört, wie ihre Schwägerin Emily Tennyson erzählte, daß Alfred sich tatsächlich *gezwungen* sehe, das Haus unter irgendeinem Vorwand zu verlassen, sobald er erfahre, daß Kapitän Jesses Besuch bevorstehe, weil Kapitän Jesse ohne Punkt und Komma drauflos redete und Alfred *strikteste Ruhe* benötigte, um sich auf seine Gedichte konzentrieren zu können. »Sie wickelt Alfred wie eine Mumie ein und behandelt ihn wie einen Säugling«, dachte Emily Jesse unfreundlich, aber sie sagte es nicht laut, denn die Tennysons hielten zueinander und waren einander innig zugetan mit der einzigen Ausnahme des armen Edward in seiner Irrenanstalt, und selbst ihn hatten sie nach Kräften zu lieben und einzubeziehen versucht, bis sie sich eingestehen mußten, daß sie es nicht vermochten. Im Trubel, in der Enge und Eigenwilligkeit, die im Pfarrhaus herrschten und die Arthur in den wenigen Wochen von 1829 auf 1830, als ihr verbitterter Vater in Frankreich weilte und seine Kinder von strahlender Fröhlichkeit und Ausgelassenheit waren, so entzückten, hatte Alfred sich sehr wohl auf seine Gedichte konzentrieren können, besser, als er es heute konnte. Alfred war damals ein großer Dichter gewesen und war es noch heute, und Arthur hatte dies frühzeitig erkannt, mit bezaubernder, kraftspendender und gelassener Gewißheit.

Sie betrachtete die Handschrift der Botschaften, die keinerlei Ähnlichkeit zu Sophy Sheekhys kindlichen Schleifen und Kreisen aufwies. Es war eine Schrift irgendwo zwischen Arthurs eiliger kleiner Schrift und Alfreds Schrift, ebenfalls klein und eilig, aber weniger verhuscht. Hin und wieder stockte sie ein wenig. Sie zeigte Arthurs typisches kleines »d« mit einer Schlaufe am oberen Ende, so beim Wort »du«, bei »denken« und bei dem beunruhigenden und strittigen Theodicaea. Zweifellos bezogen sich all diese Botschaften auf Arthur, und vielleicht hätte sie vor Schmerz und Sehnsucht laut weinen sollen wie Mrs. Hearnshaw, als sie seine Worte in einer annehmbaren Wiedergabe seiner Schrift vor sich sah. Aber sie hatte es nicht getan. Sie hatte gezweifelt. Sie hatte geheuchelt. Sie, die Vielgeliebte, Gegenstand der ewigwährenden Verehrung ihres ergebenen Arthur, seine Monna Emilia, min Emeline, liebste Nem, liebste Nemkin, wußte zum Beispiel, daß diese Zeilen nicht nur aus Dantes *Vita Nuova* stammten, sondern obendrein aus Arthurs eigener Übersetzung der Gedichte, die Dante seiner geliebten Toten Monna Beatrice geweiht hatte, einer Übersetzung, die Arthur kurze Zeit vor seinem Tod unternommen hatte. *»L'amaro lagrima che voi faceste«* hatte er sie übersetzen lassen, und er hatte sie ob ihres schlechten Gedächtnisses und ob ihres fehlerhaften Satzbaus geneckt. »Die bitteren Tränen, die ihr weintet«, das bezog sich auf die Augen des Dichters, die sich erlaubt hatten, kurz auf einer anderen Maid zu ruhen, obwohl ihnen die »heilige Pflicht« oblag, »unsere vielgeliebte Tote« nie zu vergessen. Es hätte die spiritualistischen Faszikel und die

Mitglieder der Kirche des Neuen Jerusalem nachhaltig beeindruckt zu erfahren, daß eine so schöne, so private und passende Botschaft einem einzelnen Trauernden übermittelt werden konnte. Aber das war nicht alles – neben dem inzwischen üblichen Zitat aus *In Memoriam* gab es die Erwähnung der Theodicaea. A. H. H. hatte die »Theodicaea Novissima« für jene erlauchten Geister, die Cambridge Apostles, geschrieben, die den Text als höchst originell und sehr geistreich befunden hatten. Seine These lautete, daß es das Böse gab, weil Gott der Möglichkeit zu lieben bedurfte – weil es ihn *sehnlich danach verlangte* zu lieben –, weshalb er den sterblichen Christus als Gegenstand des Verlangens geschaffen hatte samt einem Weltall voller Sündigkeit und Kummer, welches den entsprechenden Hintergrund abgeben durfte, vor dem dieses Verlangen sich entfalten konnte. Die Menschwerdung Christi hatte Arthur zufolge die menschliche Liebe – »den Wunsch nach einer so engen Vereinigung, daß sie beinahe der Identifikation gleichkommt« – mit der göttlichen Liebe gleichgesetzt, weshalb folglich Christi Tod in Liebe ein Weg zu Gott war. An dieser Stelle konnte Emily nicht mehr nachvollziehen, warum diese Liebe so dringend auf das Böse angewiesen war und wie Arthur sich dessen so sicher sein konnte. Die Schrift war abstrakt und brodelte vor menschlicher Leidenschaft. Arthur wäre es lieber gewesen, sie hätte sie nicht gelesen.

»Fast wollte ich es ein wenig bedauern, daß du in meine Theodicaea hineingelesen hast. Sie muß deine Sicht jener erhabenen Dinge weit mehr verwirrt als geklärt haben. Mir will scheinen, daß Frauen sich nicht mit der Theologie abmühen sollten: Wir, die wir den spitzfindigen Einwänden der Vernunft aufgeschlossen sind, bedürfen der Waffen, mit denen sie überwältigt werden kann, weit mehr. Wo aber größere Unschuld besteht, dort wirkt ein aufrichtiger Glaube ohne Schranken, denn mit dem Herzen, nicht mit dem Kopf, müssen wir die zwei fundamentalen Wahrheiten von der Gegenwart der Liebe und der Gegenwart des Bösen aufnehmen. Laß dir, meine geliebte Emily, Dein Vertrauen in diese Wahrheiten und in das untrennbar mit ihnen verbundene große Mysterium der Erlösung, das sie zum Gegenstand des Entzückens und nicht des Erschreckens macht, von keinerlei finsteren Zweifeln, keinerlei Kleingläubigkeit erschüttern.«

»Mir will scheinen, daß Frauen sich nicht mit der Theologie abmühen sollten.« Diese Worte waren ihr damals als fühllos und abweisend erschienen – sie hatte auf ihre unmethodische Weise viel Arbeit darauf verwandt, die Argumentationsführung und die Spitzfindigkeiten der »Theodicaea« zu verstehen, und hatte damit nichts anderes bewirkt als einen besonders *herrischen* Brief Arthurs, einen jener Briefe, die sie zusammenzucken ließen mit einem Gefühl der Bangigkeit und einem anderen Gefühl, das sie nicht hätte definieren können, denn sie litt unter dem Bewußtsein, daß ihre Umgangsformen nicht die der eleganten Welt waren und daß sie sich nicht wie eine gebildete Dame ausdrücken konnte. Es kam sie schwer an, sich nun als Vierundsechzigjährige daran zu erinnern, daß Arthur diesen Brief mit zwanzig Jahren geschrieben hatte und mit zweiundzwanzig Jahren gestorben war. Er war ihnen wie ein junger Gott erschienen. Jeder, der ihn kannte, wußte, daß er ein junger Gott war. Wenn sie sich von Angesicht zu Angesicht gegenüberstanden, war er nicht so herrisch, nicht so gebieterisch gewesen, er war rot geworden – was zum Teil an den Kreislaufbeschwerden lag, die ihn schon damals plagten –, seine Hände waren feucht gewesen, und sein schmaler Mund war ängstlich zusammengepreßt. Von Angesicht zu Angesicht hatten sie sich alles in allem nur vier Wochen lang bis zu ihrer Verlobung und während dreier späterer kurzer Besuche vor seinem Tod gekannt. Er hatte sie wie eine Mischung aus Göttin, gutem Geist des Hauses, kleinem Kind und Schoßhündchen behandelt. Das, so vermutete sie, war nichts Unübliches. Es war niemandem als etwas Unübliches vorgekommen. Sie hatte ihn voller Leidenschaft geliebt. Nach ihrer ersten nervösen Umarmung auf dem gelben Sofa hatte sie fast immer, fast jeden Tag an ihn gedacht.

Sie wandte sich wieder den Geisterbotschaften zu. Es waren allesamt Vorwürfe, bittere Vorwürfe, die wehtun sollten. Sie waren gehässig.

Aber ich habe wider dich, daß du die erste Liebe verlässest.

Deine Dummheit gibt mir vielerlei zu denken.

Verlorene Überreste.

Die Menschen sind immer verärgert und enttäuscht, dachte Emily Jesse. Sie hatte sich so sehr gewünscht, mit dem toten Arthur sprechen zu können, Gewißheit erlangen zu können, daß er ihr vergab, daß sie nicht vermocht hatte zu sein, was Arthurs Schwester Julia Hallam eine »Nonne aus Überzeugung« nannte. Aber vielleicht verhielt es sich so, daß Arthur, wie seine Familie, wie Alfred, ihr nicht vergeben konnte. In ihrem Schreibtisch befand sich ein Brief von ihrem Neffen Hallam Tennyson, der genau wie ihr eigener Sohn Arthur Hallam Jesse nach dem toten Arthur genannt worden war und der wie er Patenkind des alten Mr. Hallam war, welcher so überaus gütig zu ihr gewesen war, zum Gedenken, *in memoriam*.

Meine liebe Tante,

Es hat mich nicht wenig überrascht zu erfahren, daß eine Ausgabe von Arthur Hallams *Remains*, die Ihnen von seinem Vater gewidmet worden war, von einem Buchhändler in Lyme Regis zum Verkauf angeboten wurde. Mein Vater und ich nehmen an, daß das Buch *unabsichtlich* verkauft wurde – obgleich uns schwerfällt zu begreifen, wie dies geschehen konnte –, und wir haben unverzüglich für seine Sicherheit Sorge getragen. Der Band befindet sich in unserer Bibliothek, wo wir ihn aufbewahren werden, bis Sie uns anderweitig instruieren. Die Gefühle meines Vaters bei dieser schmerzlichen Entdeckung brauche ich Ihnen nicht zu schildern …

Sie war davon überzeugt, daß der Verkauf der *Remains* die Unmutsbezeugung aus dem Geisterreich bewirkt hatte. Möglicherweise handelte es sich sogar um Arthurs Mißvergnügen, wenngleich sie den Gedanken vorzog, daß es Sophy mittels eines Prozesses von animalischem Magnetismus und ätherischer Telegraphie gelungen war, das Summen von Hallam Tennysons Mißbilligung, von Alfreds Enttäuschung mitzuteilen. Natürlich hätte sie die *Remains* nicht verkaufen dürfen. Es war eine abscheuliche Geste, dieses Buch zu verkaufen, das der alte Mr. Hallam in einer Auflage von kaum hundert Exemplaren auf eigene Kosten für die Familie und die engsten Freunde seines Sohnes hatte drucken lassen, das Vermächtnis seiner Begabung, die so tragisch dahingerafft worden war. Das Buch enthielt Schriften über Dante und die göttliche Liebe, über Seelenharmonie und Cicero. Es enthielt die feurige Besprechung von Alfreds Gedichtsammlung *Poems, Chiefly Lyrical* (1830), die den reizbaren Christopher North veranlaßt hatte, sich spöttisch über den übermenschlich, wenn nicht gar übernatürlich hochtrabenden Ton des jungen Kritikers zu äußern, was in der ganzen Tennyson-Familie aufgeregte und ohnmächtige Empörung stellvertretend für die beiden jungen Männer geweckt hatte, für Alfred, der krankhaft empfindlich auf Kritik reagierte, und für Arthur, den nur scheinbar – weil stolzer – Widerstandsfähigeren. Und es enthielt die Gedichte des armen Arthur, darunter jene, welche ehrerbietig ihr zugeeignet waren, und einige, die einer seiner verflossenen Angebeteten galten, Anna Wintour, deren Reize er – gedankenlos, wie junge Männer es sind – seiner Emily auf dem gelben Sofa ausführlich geschildert hatte, während er ihr sich und alles, was er in seinem kurzen Leben erreicht hatte, im übertragenen Sinn zu Füßen legte.

Annas Gedichte, dachte Emily, waren letzlich besser als die ihr gewidmeten; sie waren lebendiger, sie enthielten weniger süßen Weihrauch, weniger weihevolle Erregung. Der Band enthielt außerdem ein Gedicht, das sie, Emily, einlud, den Tempel der italienischen Dichtung zu betreten, und ihr versicherte, dieser musikalische Ohrenschmaus, »jener Genuß, den du mir schuldig bist«, werde ihrem sanften Gemüt keinen Schaden zufügen

noch mindern
Das, was allezeit dein Wesen ausgemacht,
Daß englisch du als Mädchen bist und bleibst als Frau.

Dieses Gedicht rief ihr in Erinnerung, wie sehr sie sich damit abgemüht hatte, ihm zu Gefallen Italienisch zu lernen. Es war sonderbar, daß die Geister so genau eine seiner Übersetzungen aus der *Vita Nuova* zitiert hatten. Er hatte ihr die Übersetzungen voller Stolz gezeigt, aber sie waren nicht in die *Remains* aufgenommen worden. Der alte Mr. Hallam hatte es auf sich genommen, sie zu verbrennen, da er sie als »allzu wörtlich und folglich uneben« erachtete. Das Unebene daran hatte ihr gefallen – es war von einer männlichen Kraft, einer Unmittelbarkeit, die zu schätzen man sie gelehrt hatte. Der alte Mr. Hallam hatte vieles auf sich genommen, darunter die Schuld, die Liebenden getrennt zu haben, und die Sorge um Emilys traurige Zukunft, die darin bestehen sollte, seine eigene traurige Zukunft zu begleiten. Sie hatte sich bemüht, dachte sie. Ihre Erziehung war nicht dazu angetan gewesen, es ihr leicht zu machen, sich der strengen Förmlichkeit der Hallams anzupassen. Sie hatte Ellen gern, Arthurs jüngere Schwester, die ihm ähnlich war – ohne die dramatische Spannung des Geschlechtsunterschieds, statt dessen mit einer herzlichen Zwanglosigkeit. Aber die Freundschaft hatte nicht wirklich überdauert – hatte ihre Heirat nicht überdauert, um genau zu sein.

Sie hatte nicht wirklich beschlossen, die *Remains* zu verkaufen. Das Haus war mit Büchern überfüllt, und hin und wieder schafften sie oder Richard einen Korb Bücher oder zwei fort, um Platz für neue zu gewinnen. Sie erinnerte sich jetzt, daß sie möglicherweise den Einband der *Remains* zwischen anderen Büchern, die vom gleichen Regal genommen worden waren, erblickt hatte. Sie hatte es gesehen und so getan, als hätte sie es nicht gesehen. Sie hoffte, daß Arthur ihr das vergeben könnte. Sie hatte feststellen müssen, daß die Gegenstände der Verehrung seiner Anbeter – eingeschlossen sie selbst, das verzweifelte junge Mädchen mit seinen Ohnmachten – fast mehr waren, als sie ertragen konnte. Sie war sich keineswegs sicher, daß Arthur ihr vergeben würde. Sein Schreiben war das Beste an ihm. Seine verstümmelte Zukunft. Sie hätte die *Remains* nicht verkaufen dürfen, absichtlich oder unabsichtlich. Es war nicht recht von ihr gewesen.

Sie hatte das Buch nie leiden können, was zumindest teilweise daran lag, daß es sie an jenen furchtbaren Brief erinnerte.

»Er starb in Wien nach der Rückkehr aus Buda am Schlagfluß, und seine sterblichen Überreste werden, wenn ich mich nicht täusche, mit dem Schiff von Triest heimgebracht.«

In jenen frühen Tagen hatte es ihr widerstrebt, an die Schrecken des Geschicks der Überreste aus Fleisch und Blut zu denken, und dennoch hatte sie sich gegen den Gedanken nicht wehren können. Der Körper zersetzte sich unter der Erde, der Geist war befreit. Man hatte ihr erzählt, daß Arthurs Herz in einem eigenen eisernen Behältnis verschickt worden war. Es hatte eine Leichenöffnung gegeben. Der arme Arthur war als fühlloser Leichnam aufgeschnitten und verwundet worden – »Der Arzt bemühte sich zwar, ihn zur Ader zu lassen – und bei näherer Untersuchung war die allgemeine Ansicht die, daß er nicht lange mehr zu leben gehabt hätte«. Man hatte ihn zerstückelt und untersucht, als er den Prozeß der Zersetzung anzutreten begann. Während seiner Abwesenheit hatte sie sich seine Wiederkunft ausgemalt – die ausgestreckten Hände, die lächelnden Augen, die breite Stirn mit der »michelangelogleichen« Wölbung über den Augen, auf die er so stolz war. In jenen Tagen war es ihr schwergefallen, davon abzulassen, sich vorzustellen, wie es weitergehen würde. Nicht umsonst war sie neben einem Friedhof aufgewachsen. Das, was so langsam über das Meer nahte, erfüllte sie mit einem Grauen, das sie niemandem je offenbart hatte. Arthur hätte es vielleicht verstanden. Er hatte seine Kritik an Alfreds Verwendung des Wortes »duftend« zur Beschreibung der Gerüche im Garten orientalischer Nächte mit einem Scherz über den stinkenden Leichnam der schönen Rosamunde versehen. »Bienen mögen nach Honig duften; der Frühling mag nach ›Jugend und Liebe‹ duften; der wahre Gebrauch des Wortes *redolent* jedoch erweist sich, wie ich fürchte, weder im Lateinischen noch in der englischen Sprache besser als in der klösterlichen Grabinschrift der schönen Rosamunde: *›Hic jacet in tomba Rosa Mundi, non Rosa Munda, non redolet, sed olet, qua redolere solet.‹*« Aber vielleicht hätte er es auch nicht verstanden. Es mußte einem bis ins Mark gehen, den toten Körper in der Vorstellung zu berühren und sich nicht abzuwenden, wie es ihr in all den Monaten der Krankheit und der Trauer ergangen war. Auch Alfred war zugegen gewesen. Auch Alfred hatte geschwiegen, doch *In Memoriam* bezeugte in jeder Zeile, daß seine Phantasie sich dem gestellt und das erforscht hatte, was von der geliebten Gestalt übrigblieb oder nicht mehr kenntlich war.

Eibe, die du die Grabsteine umschmiegst,
Welche der Toten Namen tragen,
Umfängst die Köpfe traumlos zart,
Legst deine Wurzeln um die Knochen.

Dies nun war tatsächlich gruselig und andererseits auch schön, indem es die Toten der Natur einverleibte. Schlimmer, grausamer, war

> Nicht streiten will ich mit dem Tod
> Ob der Verändrung, die er wirkt;
> Nichts, was er mit der Erde zeugt,
> Kann meinem Glauben Abbruch tun.

Das, was »er mit der Erde zeugt«, hatte auch ihre Träume heimgesucht – nachzulassen begonnen hatte dies erst kurz vor dem Erscheinen von *In Memoriam* im Jahr 1850, siebzehn Jahre nach Arthurs Tod und acht Jahre nach ihrer eigenen Heirat, die eigentlich einige Schrecknisse hätte bannen sollen. *In Memoriam* hatte vieles wiedererweckt, was geschlummert hatte. Alfred hatte lange und standhaft getrauert, und daneben mußte ihre Trauer sich erbärmlich ausnehmen, mochte sie noch so heftig, noch so hoffnungslos, noch so verzweiflungsvoll gewesen sein. Dennoch empörte sie sich bisweilen. Als sie Hallam Tennysons Brief erhalten hatte, war sie in ihrem Salon auf- und abgeschritten, als wäre ihr der Raum zu eng, und hatte in das leere Zimmer gerufen: »Soll er es doch zurückkaufen und mit Veilchenduft tränken!« Veilchen blühten überall in *In Memoriam*. »Mein Kummer wird ein Frühlingsveilchen, / Das mit den andren Blumen blüht.«

In seiner so ungnädig aufgenommenen Besprechung hatte Arthur über Alfred geschrieben: »Wenn dieser Dichter einst stirbt, ist dann nicht zu erwarten, daß Grazien und Liebesgötter ihn beklagen – ›*fortunataque favilla nascentur violae*‹?«, und Alfred hatte das Kompliment dem toten Arthur zurückgegeben, indem er ihn mittels Veilchen betrauerte. In Momenten des Grimms, die Emily Jesse nicht unbekannt waren, verglich sie die *Remains* mit Isabellas Basilikumtopf, in dem duftendes Blattwerk wuchs, weil es mit kummervollen Tränen gegossen wurde und zudem »Nahrung und Leben« dem entnahm, was die Menschen ängstigt, »dem Kopf, der drinnen ungesehen sich zersetzt«.

Es war nicht recht, sie wußte, daß es nicht recht war, Arthur im Licht sich zersetzender Köpfe und moralischer Tyrannei zu sehen. Als er Somersby besuchte, hatte er es in ein wahres Land des Sommers verwandelt, ein Land romantischer Abenteuer. Sie konnte ihn vor sich sehen, wie er unter den Bäumen aus dem Gig auf die Landstraße sprang, Alfred, Charles und Frederick, seine Freunde aus Cambridge, umarmte, und die jüngeren Knaben und den Strauß der Mädchen – die schöne Mary, die kluge Cecilia, die leidende Unschuld Matilda, die wilde und schüchterne Emilia oder Emily – liebenswürdig anlächelte. »Ich liebe euch allesamt«, hatte er zu ihnen gesagt, als sie im Abendlicht auf dem Rasen saßen, »ich bin in jeden einzelnen von euch verliebt, sei er noch so romantisch, noch so nüchtern, noch so wunderlich und exzentrisch und noch so unbeirrbar bodenständig.« Er hatte mit seinen Armen einen Kreis beschrieben, der sie alle umarmte, fast wie ein Echo, besser gesagt: eine Vorwegnahme der Bewegungen der Bergulmen in *In Memoriam*, jener Bäume, welche »die dunklen Arme übers Feld« breiteten. Sie erinnerte sich, daß man einander Dante und Petrarca vorgelesen hatte, sie erinnerte sich, daß sie gesungen und Harfe gespielt hatte und daß Arthurs Teilnahme und Entzücken, mit Auge und Ohr, der musikalischen Darbietung eine Vollkommenheit verliehen hatte, die sie nicht besaß, wenn die Familie ohne Publikum musizierte und sang. Und auch das hatte Alfred aufs vollkommenste in der Poesie der Erinnerung festgehalten, *in memoriam*, so daß in ihrer eigenen Erinnerung ihre eigene Phantomstimme im Phantommondlicht immer begleitet von seinen Worten erklang.

Voll Seligkeit wir um ihn her
Uns sammelten, und Herz und Ohr

Erfreuten sich am Dichterwort,
Das er uns auf dem Rasen las:

Im goldnen Licht des Nachmittags
Ein Gast oder die Schwester sang,
Die abends zu der Harfe Klang
Dem Mond ein Ständchen brachte dar.

Sie dachte, daß Arthur anfangs unschlüssig gewesen war, ob er sich in Mary oder in sie verlieben sollte. Wenn ihre Gefühle nicht aufgewühlt waren, verstand sie sehr wohl scharf zu beobachten, und anfangs hatte auch sie nur die Verehrung empfunden, die alle Tennysons diesem strahlenden Menschen entgegenbrachten. Er schrieb Gedichte auf sie beide, auf Emily und auf Mary, er war von beider dunklen Augenpaaren bezaubert, er brachte von seinen Streifzügen in den Wäldern, die er mit Alfred unternahm, beiden Mädchen kleine Sträuße von Wildblumen mit. Er offenbarte im Umgang mit Frauen eine routinierte großstädtische Galanterie, die Emily mehr erschreckte als die gelassene Mary und die machte, daß sie sich als Landpomeranze vorkam, während sie sich vor seiner Ankunft vor allem beim Reiten als wilde byroneske Heldin gefühlt hatte, die nur darauf wartete, daß ihr weltgewandter Prinz erschien, um sie in die ihr gemäße Sphäre zu entrücken. Sie war eigentlich der Ansicht, daß er sich in Mary verlieben würde, in Mary, die auch sie liebte, bis zum heutigen Tag, und mit der sie die visionären Hoffnungen und Freuden der Kirche des Neuen Jerusalem und der spiritistischen Entdeckungen teilte.

Und dann waren sie einander überraschend im Feenwald begegnet, er und sie, als die Familie sich bei einem Ausflug zerstreut hatte. Es war im April 1830; es war naß, das Licht silbrig-golden, am bewegten Himmel jagten lange Wolkenfetzen dahin, Regenschleier und flüchtige Regenbogen, über den dunklen Stämmen der Bäume atmeten Schleier zartgrüner Knospen, und der Erdboden roch modrig und war überall mit blassen Anemonen und gelbglänzendem Schellkraut gesprenkelt. Und sie stand auf der einen Seite der Lichtung, atemlos, weil sie gerannt war, und er stand auf der anderen Seite, und das Licht hinter ihm war wie ein Heiligenschein und ließ seine Züge im Dunkeln liegen, und er, Arthur, Alfreds Freund, hatte gesagt: »Du siehst wie eine Fee aus, wie eine Dryade, glaube mir. Niemals zuvor habe ich etwas so Schönes gesehen.« Manchen Frauen hätte beim Erinnern dieser Szene eine Vorstellung von sich selbst zur Verfügung gestanden, um den Raum diesseits der Lichtung auszufüllen oder seinem enthusiastischen, lächelnden Bild etwas entgegenzusetzen, doch Emily sah nie in den Spiegel und besaß kein solches Bild von sich selbst. Sie konnte sich nicht einmal daran erinnern, was sie getragen hatte. Nur an den starken Eindruck seiner Freude, sie zu sehen, daran, daß sie zu ihm getreten war, der in diesem Augenblick nicht Alfreds Freund war, sondern ein junger Mann, der *sie sah* und den fein ausgewogene Erwartungen und Befürchtungen erfüllten. Und sie war über den Blumenteppich im Geruch modernden Laubs auf ihn zugeschritten, und er hatte ihre Hände ergriffen und hatte gesagt: »Weißt du, daß mir scheinen will, ich sei seit langer, langer Zeit in dich verliebt, obwohl es nur vier Wochen her sein kann?«

Den Kern ihrer Liebe zu Arthur sah sie immer als dies, als zwei Wesen, die sich in einem laub- und blütenreichen Dikkicht die Hände reichten. In einem ganz und gar englischen Dickicht, sagte Arthur, der das Weihevolle dieses Augenblicks empfand, eigentlich erst schuf, einem Dickicht, wie man es bei Malory oder Spenser finden konnte, den ewigen heiligen Hainen von Nemea und Dodona vergleichbar. Seine Briefe richteten sich an Nem, an die liebste Dod, kindliches Gelispel von dämonischen Kräften, wie sie hoffte. Er verglich sie mit der schönen Perserin in Alfreds *Recollections of the Arabian Nights*, »die Flechten, schwarz wie Ebenholz / Und jede Locke duftend süß«. Ihre Lichtung im Feenwald verglich er mit den »schwarzgrünen Lauben und Grotten« jenes üppigen Traumgebildes, und mit seiner klaren, volltönenden Stimme, die heller klang als Alfreds Brummbaß, rezitierte er die Schilderung der Nachtigall im Hain.

Kein Lufthauch mehr die Nacht bewegt,
Als des Bülbüls Gesang erschallt;
Nicht er sang, es sang, was erfühlt
Der Welt Düsternis und ihr Glück,
Leben und Tod und Liebespein,
Ohn' Unterlaß, ohn' Müdigkeit,
An keinem Ort und fern der Zeit ...

In jenen Tagen war Somersby ein Ort, den die Phantasie, die wie die Nachtigall sang, erschaffen und zeitlos gemacht hatte. Alfreds *Ode to Memory* wie seine *Recollections of the Arabian Nights* waren seinen eigenen Worten zufolge der erste Niederschlag der Erkenntnis eines jungen Mannes, daß er bereits eine unwiederbringliche Vergangenheit besaß – die Lektüre seiner Kindertage, das irdische Paradies, in das er den Garten verwandelt hatte. Je älter sie wurden, um so ausschließlicher erinnerten sich die Tennysons an den Pfarrhausgarten in Alfreds Worten:

Ein Garten, laubengleich erfüllt
Von Gängen, von Spalierrosen umhüllt,
An deren Ende Grotten dämmrig laden ein
Oder der Rasenflecken heller Schein,
Wo Lilien mischen königlich
In des Lavendels Purpur sich:
Wo einst, wenn überdauert wir
Des Lebens Sturm
Und Windgetös,
Mit neuerwachter Wißbegier

Erkunden werden jede Form
Des vielgestaltgen Geists,
Von Leidenschaften nicht verblendet,
Wo Scharfsinn sich und myriadengleiche Vielfalt findet.

Mit dir zu leben allein, mein Freund,
Dünkt herrlicher mich, als gekrönt
Zu herrschen mit allmächtiger Hand!

Emily Jesses Zigeunerhände raschelten nervös mit den Geisterbotschaften, als sie sich unversehens wieder im Dickicht der Gedanken gefangen sah, das das zeitlose Somersby umgab, von Menschen für Menschen geschaffen. Alfred beispielsweise, der sich ersehnte, allein mit seinem Freund zu leben, der ohne jede Ironie diesem Freund Coleridges ehrfürchtige Worte über Shakespeare gewidmet hatte, die Worte vom myriadengleichen Geist. Nicht daß sie etwa *eifersüchtig* auf Alfred gewesen wäre – wie hätte sie dies sein können? Sie, Emily, hatte Arthur zu heiraten beabsichtigt, bei ihrem Nahen hatte er schneller geatmet, auf ihre Lippen hatte er die nervösen, eiligen Küsse gedrückt. Es eilte ihm mit der Hochzeit, er verzehrte sich geradezu danach, das konnte jeder sehen. Alfred war ganz anders. Alfred hatte die Geduld Emily Sellwoods, der Schwester von Charles' über alles geliebter Gattin Louisa, auf schrecklichste Weise auf die Probe gestellt. Er hatte ihre Verlobungszeit quälend in die Länge gezogen, zwölf lange Jahre hindurch, und sie zu guter Letzt 1850 geheiratet, in dem Jahr, als *In Memoriam* erschien und als sie siebenunddreißig Jahre alt und ihre Jugend für immer vorüber war. Emily Jesse hatte seinerzeit verzweifelte Briefe von Emily Sellwood erhalten, in denen sie um ein Zeichen ihrer anhaltenden Liebe und Freundschaft angefleht wurde, während Alfred unterdessen vor sich hinbrütete und Ausflüchte machte und sich entzog und schrieb. Es war merkwürdig, dachte Emily Jesse immer wieder, daß Emily

Sellwood nicht müde wurde zu erzählen, wie sie Alfred im Hollywell-Wald begegnet war, als sie dort mit Arthur spazierengegangen war.

»Ich trug mein hellblaues Kleid«, pflegte Emily Sellwood zu sagen, »und plötzlich erschien Alfred zwischen den Bäumen in einem langen, blauen Mantel und sagte zu mir: ›Bist du eine Dryade oder eine Najade oder sonst ein Feenwesen?‹ Und da war mir mit einemmal ganz klar, daß ich ihn liebte, und in dieser Liebe habe ich seither nie geschwankt, mögen die Versuchungen, mag der Schmerz noch so groß gewesen sein.«

Emily Jesse stellte sich die jungen Männer vor, die sich in dem Raum unterhielten, in dem sie nachts schliefen. Sie stellte sich vor, wie Arthur, während beide rauchend auf den zwei weißen Betten in der Dachkammer lagen, Alfred von der Begegnung mit ihr im Feenwald erzählte und wie Alfred dies in seinem Kopf zu einem Gedicht umgestaltete, als dessen Darsteller er sich unvermutet wiederfand, als er sich einer anderen Emily in einem anderen blauen Kleid an Arthurs Arm gegenübersah. Alfred verwandelte alles immer so schnell in Poesie. Er hatte nie ein menschliches Wesen vom anderen zu unterscheiden verstanden – Jane Carlyle, die zu seinem engsten Freundeskreis zählte, hatte erleben müssen, daß er sie bei einer Theateraufführung Dickens' 1844 bei der Hand nahm und ihr in vollem Ernst sagte: »Ich wüßte gern, wer Sie sind – ich weiß, daß ich Sie kenne, aber Ihr Name will mir nicht einfallen.« Emily Jesse dachte, daß Emily Sellwoods Reaktion auf den Gruß im Wald ihr ein schweres Schicksal beschert hatte, auch wenn sie zuletzt ein gewisses Glück hatte erleben dürfen. Zwei Söhne und ein treuer Gatte, *poeta laureatus*, der sie in einem Wagen für Gebrechliche auf den Ländereien umherfuhr.

Sie wußte, daß Liebesaffären durch das interessant wurden, was Frauen heimlich untereinander austauschten. Was ein Mann sagte, wie er aussah, was er zu tun wagte, seine Überlegenheit, seine bezaubernde Schüchternheit, all dies Material romantischer Geschichten wurde im trauten Zwiegespräch gewoben und verwoben, was dazu führen konnte, daß eine Frau, die sich ihrem anerkannten Liebhaber allein gegenüber wiederfand, nachdem sie ihn mit ihren Geschlechtsgenossinnen gründlichst auseinandergenommen hatte, unvermittelt ein Gefühl des Erschreckens empfand, weil er sich von der von ihr erschaffenen Figur so sehr unterschied, ein Gefühl, das erregend, entmutigend, sogar enttäuschend sein konnte. Sie konnte sich nicht vorstellen, wie Männer Frauen darstellten, wenn sie über sie sprachen. Es war üblich anzunehmen, daß ihre Aufmerksamkeit anderen, gewichtigeren Themen galt. »Scharfsinn«, »myriadengleiche Vielfalt«. Arthur und Alfred hatten sich über sie und über Emily Sellwood ausgetauscht. In welchen Worten?

Wenn sie ganz ehrlich war, erinnerte sie sich an den Anblick der zwei Männerrücken, der zwei Paar Beine, die eilig die Treppe emporstiegen, um sich in die Dachkammer mit den weißen Betten zu begeben, mit den Empfindungen dessen, dem man den Zutritt zum Paradies verwehrte. Sie redeten über Liebe und über Schönheit, bisweilen bis zum Morgengrauen; sie hörte den Widerhall des unentzifferbaren Redestroms, das nachdenkliche Brummen, die schnelle, kecke, sprunghafte Stimme. Hin und wieder erhaschte sie Gedichtfetzen – die *Ode an eine Nachtigall*, die *auf eine griechische Urne*. »Thou still unravish'd bride of quietness« – sie kannte die Wörter auswendig, sie konnte sich dem Rhythmus überlassen und den Rest des Gedichts aufsagen. Arthur hatte Alfreds Gedichte gelobt, indem er ihren Autor mit Keats und Shelley verglich. Er nannte ihn einen »Dichter des Sensualismus« und zitierte die Briefe des so tragisch jung gestorbenen Poeten. Beifällig wiederholte er Keats' Worte, daß Sinnesempfindungen den Gedanken vorzuziehen seien, und er feierte Alfred dafür, daß es ihm gelungen war, das Gute, das Wahre und das Schöne durchdrungen vom »lebensspendenden Gedanken der Liebe zum Schönen« darzustellen. Arthurs Gott, so ließ sich seiner »Theodicaea« entnehmen, hatte das Universum mit Kummer und Sünde versehen, um aus Liebe zu seinem Sohn die gefallene Welt zu erlösen und der Schönheit zuzuführen.

Sie war einmal dazugekommen, als die beiden auf dem Rasen in Korbstühlen saßen, auf verschossenen Kissen, mit zurückgelegtem Kopf, und ein Männergespräch über das Wesen aller Dinge führten. Alfreds Pfeifenrauch stieg als Spirale empor, bevor er sich verflüchtigte. Arthur stach mit einer Art Gabel auf den Boden ein, die der Gärtner – zum Protest und gegen den Widerstand aller Tennysons, die Unkraut liebten – benutzte, um relativ erfolglos Gänseblümchen und Klee auszugraben.

»Es geht alles auf den alten neuplatonischen Mythos zurück«, sagte Alfred. »Das Geistige, das höhere Geistige, der Nous, ergießt sich in die leblose Materie, die Hyle, und erschafft Leben und Schönheit. Der Nous ist männlich, die Hyle weiblich, so wie Ouranos, der Himmel, männlich und Gea, die Erde, weiblich ist, so wie Christus, der Logos, das Wort, männlich ist und die Seele, die er belebt, weiblich ist.«

Die junge Emily Tennyson mit ihrem Korb voller Bücher, Keats und Shakespeare, *Undine* und *Emma*, ging vor ihnen vorbei und spähte durch den Schleier ihrer dunklen Haare zu ihnen hinüber. Sie lehnten sich in ihren Stühlen zurück und blickten zufrieden zu ihr hoch. Zwischen den wackligen Armlehnen der Korbstühle berührten ihre Hände sich fast auf dem Rasen, eine schmutzigdunkle und eine gepflegte, weiße Hand.

»Warum?« fragte Emily Tennyson.

»Warum was, Liebste?« sagte Arthur. »Wie pittoresk du vor dem Rosenstrauch aussiehst, mit dem Wind in deinem Haar. Bewege dich nicht, du bist wunderschön anzusehen.«

»Warum ist die leblose Materie weiblich und der belebende Nous männlich? Warum?«

»Weil die Erde aller Dinge Mutter ist, der alles Schöne entstammt, die Bäume, die Blumen und die Lebewesen.«

»Und der Nous, Arthur?«

»Weil Männer ihren törichten Geist mit Gedanken beschäftigen, die zur Hälfte bloße Truggebilde sind, dumme Hirngespinste, die sie in die Irre führen.«

Arthur verstand sich nicht aufs Necken. Er sprach zu entschieden, so als wolle er einen ernstgemeinten Vortrag halten.

»Das ist keine Antwort«, wagte sie zu sagen, obwohl sie errötete.

»Weil Frauen schön sind, mein lieber Schatz, und Männer nur Bewunderer des Schönen, weil Frauen von Natur aus gütig sind und die Güte in den Kammern ihrer lieben Herzen spüren, wenn ihr reines Blut sie durchpulst, während wir armen Kerle der Wahrheit nur teilhaftig werden, weil wir eure Tugend *spüren*, die unsere ehrgeizigen Hirngespinste auf den Boden der Realität zurückholt.«

»Das ist keine Antwort«, wiederholte sie errötend.

»Frauen sollten sich den hübschen Kopf nicht über Theorien zerbrechen«, sagte er mit einer Spur von Ungeduld. Alfred hatte sich geistig absentiert; seine langen, dunklen Wimpern ruhten auf den Wangen. Die zwei Finger ihrer Arme, die schlaff auf dem Rasen ruhten, lagen auf dem Erdboden und deuteten still aufeinander hin.

VIII

Das Feuer erstarb; Pug war eingeschlafen und schnarchte mit gurgelnden Geräuschen. Aaron schlief nicht – er bewegte sich seitlich den Tisch entlang auf sie zu, mit hochgezogenen Schultern, und funkelte sie aus seinem schwarzen Auge an. »Nimmermehr«, sagte Emily Jesse mit grimmigem Humor zu dem Vogel und suchte in ihrem Lederbeutel nach einem Brocken für ihn. Er hopste näher, spähte und riß den Schnabel auf. Der Fleischbrocken, gebraten, aber roh und blutig an den Schnittkanten, mit einem glitschigen Fettrand, verschwand im Schnabel, schnellte wieder heraus, wurde zurechtgelegt und gierig verschlungen. Emily sah zu, wie die Halsmuskeln arbeiteten. Der Vogel schüttelte sich und blickte sie hoffnungsvoll an. »Was hast du nur für schreckliche Klauen«, sagte Emily zu ihm und berührte seinen Kopf mit dem Finger. »Jeden guten Stuhl im Haus hast du malträtiert. Du bist ein richtiger Tunichtgut. Du und ich, wir sind alt und zäh und schäbig.«

Man hatte sie dazu erzogen, großzügig zu fühlen. Ressentiments waren unwürdig, und Emily hoffte, keine zu empfinden. Dennoch fiel es ihr schwer zu ertragen, daß Alfreds Trauer die ihre eingeholt hatte. Nicht nur eingeholt, dachte sie in Augenblicken finsterer Wahrhaftigkeit, sondern vernichtet, verleugnet. Sie, Emily, war ohnmächtig geworden, sie, Emily, hatte ein Jahr der Trauer wie eingekerkert, wie eingesargt verbracht, sie, Emily, hatte die versammelte Gesellschaft mit ihrem Erscheinen im schwarzen Kleid und der weißen Rose im Haar, wie er es an ihr geliebt hatte, zu Tränen gerührt. Alfred hatte sich geweigert, dem Begräbnis beizuwohnen, und hatte wieder zu schreiben, seinem Leben nachzugehen begonnen, als sie voll Schmerz und Kummer im Bett gelegen hatte. Sie erinnerte sich an ihr Gesicht in den feuchten Kissen, feucht durch den Baumwollbezug bis in die Federn. Sie erinnerte sich an die geschwollenen Lider, an den unruhigen Schlaf und an das schreckliche Erwachen, das ihr den Verlust vor Augen führte. Ihr Trauern um den armen Arthur, um seinen wachen Verstand, seine jungen Glieder, seine Vorträge und sein körperliches Verlangen nach ihr vermischte sich mit ihrem Entsetzen angesichts der leeren Zukunft, die sie erwartete, und darüber schämte sie sich, sie war bemüht, solche Gedanken fernzuhalten, so sehr, daß diese Gedanken in Augenblicken geistiger Erschöpfung, im Dämmerschlaf und bei mitternächtlichem Erwachen im gespenstischen Mondlicht mit aller Macht auf sie einstürmten.

Alfreds erträumtes Somersby, Arthurs Paradiesgarten, in dem er zu Besuch geweilt hatte, die Wälder und die Familienrunde mit ihrem Lachen und ihrem Singen gab es in gewisser Weise nur, weil sie beides schufen. Anders war es – es war vor Arthurs Kommen anders gewesen und war nun anders – in den langen Wintermonaten – für ein junges Mädchen, das keinerlei Reisen, keinerlei Beschäftigung, keinerlei Festlichkeiten zu gewärtigen hatte, außer auf einen Ehemann zu warten oder einen toten Liebhaber zu betrauern. Sie hatte sich von zu Hause fortgesehnt – und hatte sich als Frau, als widersprüchliches Wesen davor gefürchtet, ihr Heim zu verlassen, und als schließlich ein Besuch seitens der Tennysons erfolgte, waren Alfred und *Mary* in der Wimpole Street gewesen, während sie, die Erwählte, in Somersby herumgeisterte, Seelenqualen ausstand, weil sie sich mit ihrer hausbackenen Kleidung und ihrer Lincolnshire-Sprachfärbung dem gesellschaftlichen Umgang nicht gewachsen fühlte, und der körperlichen Pein von Leberschmerzen und Durchblutungsstörungen ausgesetzt war, die sie in ein Nest aus Laken und Decken verbannten, wo sie mit heißen Steinen gewärmt und mit köstlichen Schlückchen von Weinbrand mit Wasser gefüttert wurde, während sie Keats las und die Bücher, die Arthur ihr geschickt hatte, *Undine*, von der er sagte, sie ähnele ihr, und *Emma* von Miss Austen, »Ein wahres Frauenbuch – (verziehen Sie nicht das Näschen, Miss Fytche, ich meine das als Kompliment) –, denn nur eine Frau und zwar eine Dame kann mit soviel Feingefühl beobachten und so elegant sarkastisch sein«. Sie war in all diesen Jahren ihrer Jugendzeit so krank gewesen, sie hatte so rührende und bittende Briefe an den alten Herrn im Heideland, ihren autokratischen Großvater, geschrieben, der ihren Vater enterbt hatte und die Geldquelle der Familie war, sie hatte ihn angefleht, ihr Geld zu geben, damit sie nach Europa oder in einen Kurort reisen konnte, wo ihre Symptome gelindert und ihre düstere Verzweiflung durch ein wenig fröhliche Gesellschaft gemildert werden konnten. Aber er war unnachgiebig geblieben, und sie war in Somersby geblieben, in einem Gefängnis, das sie liebte. Die Schmerzen waren sehr wohl echt gewesen. Als sie um ihren empfindlichen, geschwollenen Bauch herum zusammengekrümmt im Bett lag, hatte sie sich als einen weiblichen Prometheus empfunden, an dessen Leber ein großer Raubvogel fraß. Es raubte ihr die Lebenskraft. Sie konnte sich kaum dazu aufraffen, ins Freie zu gehen; draußen auf dem Rasen wurde sie von einer Benommenheit überwältigt, als würde eine Wolke von Flügeln ihren Kopf umfliegen, die in ihren Ohren rauschte und summte und die Luft vor ihren Augen schwirren und flirren machte. Sie erinnerte sich daran, wie sie vor einem halben Jahrhundert dort stand und schwankte und tastend den Weg zurück in die Sicherheit des Betts und des gemilderten Lichtglanzes hinter dem Fenster suchte. Arthur hatte einen Weg ins Freie bedeutet, den sie halb ersehnte, halb fürchtete, und hatte ihr in Brief um Brief Vorstellungen ob ihrer Schwäche gemacht, hatte sich zärtlich nach ihrer Gesundheit erkundigt und sie dazu angehalten, gesund zu werden, kräftiger zu werden, offener, heiterer und zuversichtlicher zu sein.

Und so kommt es, meine liebe Emily, eben weil meine Liebe zu dir untrennbar mit meinen religiösen Gefühlen verbunden ist, daß keinerlei Unvollkommenheit, die ich an dir entdecken könnte, ihr Abbruch zu tun vermöchte, sondern sie im Gegenteil anspornen und beflügeln muß. Denn deine Fehler, die aus einer allzu großen Empfindsamkeit entspringen, welche durch die Umstände zu sehr mit sich selbst beschäftigt ist, sind in gewissem Maße Tugenden ähnlich, insbesondere wo demütige Bereitschaft besteht, sie zu beichten, und ernstes Bemühen, sie zu bessern.

Sein Tod hatte ironischerweise erreicht, was ihm im Leben nicht vergönnt war, und hatte sie aus ihrer Dornröschenhecke in die feine Welt versetzt. Der alte Mr. Hallam hatte sie gütig aufgenommen, Arthurs Schwester Ellen war ihre Freundin geworden; ihr hatte sie mit einem köstlichen Gefühl neuentdeckter Leichtigkeit und Spitzzüngigkeit Schilderungen ihrer unpoetischen Welt geschrieben.

Du darfst nicht vergessen, daß Abgötter à la Wordsworth, Coleridge etc. in unserem Winkel der Welt von keines Sterblichen Auge je erblickt werden – in unser karges Heideland verirrt sich so gut wie nichts außer trübsinnigen Winden, die die trübsinnigen Menschen heimsuchen; bisweilen sieht man einen munteren Jägersmann das Feld am Ende des Gartens geschwinden Schritts durchmessen, doch die Munterkeit derer, die zum Töten ausgehen, ist, wie du zugeben wirst, schlimmer zu ertragen als die Öde.

Sie hatte sogar die Nachtigall samt ihren unvergeßlichen Einleitungstrillern im Dickicht verleugnet, zumindest für Somersby.

Haben die Nachtigallen schon zu schlagen begonnen? – du täuschst dich, wenn du glaubst, es gebe Nachtigallen in Somersby; noch nie wurde ein solcher Vogel hier gesichtet. – Einst hat eine einsame Nachtigall sich nach Lincoln verirrt und trillerte eine Weile im Garten eines armen Mannes. Bald strömten Volksmengen herbei, um den Vogel zu sehen und zu hören. Der Mann, dem nicht verborgen blieb, daß seine Gemüsebeete zertrampelt wurden (»Denn Kohl sät' er, den er sodann / Mit Freuden in den Topf gesteckt!«), besaß die unerhörte Herzlosigkeit, den naseweisen Sänger abzuschießen. Abscheulicher, unmusikalischer Bauernlümmel! – was sind alle Kohlköpfe der Welt gegen eine Nachtigall!

Sie hatte mit Ellen ein wenig lachen können, was ihr zusammen mit Arthur aus Furcht, aus Liebe, aus Demut nicht möglich gewesen war. Sie hatte ein wenig geglänzt – bescheiden, stets ihres großen Kummers eingedenk –, wenn die Hallams ein Abendessen gaben, und bei einem derartigen Anlaß war sie dem jungen, hochgewachsenen Lieutenant Jesse aufgefallen. Sie hatte neun Jahre lang getrauert, dachte Emily. Sie hatte den lebenden Arthur vier Jahre lang gekannt und in diesen vier Jahren nur wenige Wochen in seiner Gesellschaft verbracht. *Sie hatte neun Jahre lang um ihn getrauert.* Sie hatte gehofft, daß die Hallams Verständnis, Güte zeigen würden – natürlich konnte sie nicht von ihnen erwarten, daß sie sich geradewegs freuten, denn sie wußte, wie tief ihre Trauer um Arthur war, wie sehr sich all ihre begrabenen Hoffnungen auf ihn konzentriert hatten. Sie – genauer der alte Mr. Hallam – waren aufs höflichste und förmlichste freundlich gewesen und hatten ihr weiterhin das Geld bezahlt, das sie etwas unklar als ihr eigenes Vermögen zu betrachten begonnen hatte, sie hatten den Verkehr nicht abgebrochen, wenngleich sie wußte, daß wenigstens Julia hinter ihrem Rücken unschön über sie sprach – beinahe so, als wäre ich eine *herzlose Kokette* oder, schlimmer noch, ein *käufliches Geschöpf*, wie die rachsüchtige Emily es ausdrückte, wenn sie kurzfristig Oberhand über die demütige Emily gewann. Der Umgang war steif, sogar unerfreulich geworden. Sie versuchte über Belangloses zu plaudern, was keinem Tennyson leichtfiel, während sie früher gelassene Scherze gemacht hatte, die verstanden worden waren. Die kummervolle Zuneigung der Hallams hatte sie eingefangen und aufgefangen; ihr gelassenes, unerbittliches Mißfallen stellte eine Schlinge dar, an der sie zu ersticken drohte.

Sie besaß Kampfgeist genug, dachte sie, um es mit den Hallams aufzunehmen, selbst wenn sich das darauf beschränkte, daß sie sie hin und wieder in Gedanken zu Luft werden ließ, als hätten sie nie existiert. Nach ihrer Heirat war sie gereist, sie hatte während der Erhebung der Kommune in Paris geweilt, hatte den Apennin durchstreift und die Brownings in ihrer Wohnung in Florenz besucht. Sie hatte in London die unterschiedlichsten Leute kennengelernt, und wenn es ihr beliebte, für eine etwas exzentrische Person gehalten zu werden, so besaß sie, wie sie fand, einen etwas schroffen Charme. Sie konnte andere zum Lachen bringen und drückte sich geistreich aus. Aber es mangelte ihr am Mut, wie sie in Momenten der Niedergeschlagenheit dachte, bestimmte Verwundungen zu ertragen, bestimmte Schmerzen unaussprechlicher Natur, die Alfreds Meisterwerk, Arthurs Monument *In Memoriam* ihr zufügte. Welches sie weiß Gott bewunderte und vergötterte, nicht weniger als jedermann sonst, weil es ihren eigenen Schock, ihren eigenen Kummer so *genauestens* zum Ausdruck brachte, die Beschaffenheit und das langsame Voranschreiten des Schmerzes und die Veränderungen und Verwandlungen des Leids, wie Moder im Erdboden, wie Wurzeln und blinde Lebewesen, die sich im Grab bewegen.

Auch anderes brachte es zum Ausdruck, die Sehnsucht nach der Gegenwart der Toten, nach der Hand, die man ergreifen kann, nach dem hellen Auge, der Stimme, den gesprochenen und unausgesprochenen Gedanken. Aus den

Grenzen des Pfarrhausrasens und des flachen Lincolnshire-Horizonts über Heide oder Meer schuf es eine ewige Welt. Es sprach zu Gott, sprach von Zweifeln und von Schrecken ob seiner Ziele. Es ertastete sich seinen Weg in die Fibern ihres Herzens und drang in ihr Blut ein, in »die Masse von Nerven ohne Geist«, die zu bleiben sie gefürchtet hatte.

Aber Alfred hatte nach ihren neun Jahren weitere acht Jahre lang mit seinem Kummer gelebt und ihn gepflegt. Sie hatte Richard 1842 geheiratet und ihre Trauer beendet. Alfred hatte vom Tag jenes schrecklichen Briefes bis fast zum Tag seiner eigenen Hochzeit, die 1850 seine Einsamkeit endete, getrauert und geschrieben, gearbeitet und gebrütet und hatte in jenem Jahr *In Memoriam* herausgebracht, ohne Nennung des Dichters auf der Titelseite, als ein Buch für Arthur, *In Memoriam A.H.H.* Alfred war treu gewesen, sie nicht. Er hatte bei ihrer Hochzeit den Brautvater vertreten, so still und verschlossen, ein wenig brummig, wie es seine Art war, und hatte weiterhin frostige, schreckliche kleine Gedichte geschrieben, die Verluste zum Inhalt hatten, Niederlagen, unstillbares Sehnen.

Sie glaubte, das Gedicht mache ihr Vorwürfe. Zuerst hatte sie es nicht so gelesen, wie sie es später las, so wie Frauen oder Kinder oder Freunde oder Feinde eines Schriftstellers die Seiten seiner letzten Erzählungen durchblättern, weil sie Spuren der eigenen Existenz darin suchen, von einem besonderen Spitzenkragen bis hin zu einer verborgenen Charakterschwäche, die sie für erfolgreich unterdrückt oder versteckt hielten. Sie hatte es voller Liebe und unter Tränen gelesen, so wie sie alle Dichtungen Alfreds las, Tränen um Arthurs willen, Tränen ob der Schönheit der Verse. In den Tagen von Somersby hatten die jungen Frauen heimlich einen lyrischen Zirkel unterhalten, den sie »die Hülsen« nannten – in leidenschaftlichen Debatten »enthülsten« sie die Samenkörner der Poesie –, und Arthur war der Ansicht, dieses nützliche Wort habe er persönlich in die englische Sprache wiedereingeführt.

Keats, Shelley, Alfred Tennyson. Ihr höchstes Lob war das Wort »sündhaft«, worunter sie »faszinierend« verstanden, aufwühlend, hitzig. Emily Jesse fragte sich bisweilen, darin anders als die zitternde Emily Tennyson, warum sie sich ausgerechnet einen so trockenen und leblosen Namen ausgesucht hatten mit der Bezeichnung der papiernen Samenhülle. Sie hatten voller Liebe gelesen, und so hatte sie *In Memoriam* gelesen, so konnte sie es heute noch lesen. Es war, wie sie wußte und oft sagte, das größte Gedicht ihrer Zeit. Und dennoch, dachte sie in ihren Aufwallungen privater Rachsucht, schoß es einen brennenden Pfeil mitten auf ihr Herz ab, es wollte sie vernichten, und sie *spürte* den Schmerz, den das bewirkte, und konnte zu niemandem von diesem Schmerz sprechen.

Ihr schmächtiger Geist tauchte ab und zu in dem Gedicht auf. Sie sah sich selbst schon früh, im sechsten Gedicht, dem von dem ertrunkenen Seemann, wo Alfred sein Warten auf Arthurs Rückkehr mit einem jungen Mädchen vergleicht, einer »sanften, bescheidenen Taube«. »Des Liebsten harrst du armes Kind!«, ein Band, eine Rose aussuchend, um ihm zu gefallen, sich dem Spiegel zuwendend, um »ein Löckchen festzustecken«, während zur gleichen Zeit ihr künftiger Gebieter

> Ertrank, als er durchquert die Furt,
> Oder vom Pferde abgeworfen starb.
>
> Wie wird ihr Los beschaffen sein?
> Und was bleibt mir vom Leben nun?
> Ihrer harrt ewge Jungfernschaft,
> Und ich find' keinen zweiten Freund.

Die Löckchen und die Rose gehörten zu ihr, obgleich Alfred das Haar der sanften Taube als golden, nicht als schwarz beschrieb. Arthur hatte ihre Stimme einmal mit der der Dame in *Comus* verglichen, die »der Finsternis Raben / durch Streicheln besänftigt«, und er hatte ihre widerspenstigen Locken bei diesen Worten gestreichelt. Es war ihr nicht gelungen, die ewige Jungfernschaft auf sich zu nehmen, mochte Alfred dies auch als selbstverständlich angenommen oder gewünscht haben. Und auf merkwürdige Weise, die möglicherweise dichterisches Taktgefühl war, hatte das Gedicht *Alfred* zu Arthurs Witwe gemacht, sogar in diesen Zeilen:

> Zwei Partner in der Ehe Bund –
> Ich sah sie und gedachte dein,
> Der weilst im Unermeßlichen,
> Und meines Geists als deines Weibs.

Oder

> Mein Herz, verwitwet, ruhet nicht
> Im Lieben des Vergangenen,
> Es sucht zu schlagen im Verein
> Mit dem in eines Menschen Brust.

Oder

> Nicht sehen werd ich seinen Staub,
> Bis meiner Witwertage Abend kommt.

Alfred hatte sich Arthurs bemächtigt, ihn sich einverleibt, Blut um Blut, Knochen um Knochen, bis für sie nichts übrigblieb. Ihre Liebe, ihr Verlust wurden zwar später im Gedicht erwähnt, doch auch das war schmerzlich, höchst schmerzlich.

Alfred hatte seiner Phantasie erlaubt, Arthurs Zukunft auszumalen, Arthurs Kinder, Alfreds Neffen und Nichten, in denen ihrer beider Blut sich mischte.

> Dein Blut, mein Freund, und meines auch;
> Denn nahe war der Tag, da du

Dein Leben binden sollt'st an eins
Aus meinem Haus, und Söhne dein

Auf meinem Schoß einst stammeln »Onkel«;
Doch jene Stund' erbarmungslos
Die Braut zur Witwe wandelte,
Hoffnung zu Trübsal, dich zu Lehm.

Mir ist, als könnt' ich sie berührn,
Sie tätscheln und sie nennen mein,
Und ihre Antlitze seh' ich
In nie entzündten Feuers Licht.

Und diese ungeborenen Kinder verfolgten sie und ihre eigenen zwei Söhne, die nach den Toten genannt worden waren, Eustace, der jüngere, nach Charles' totem Sohn, Arthur Hallam Jesse, der ältere, nach Arthur. Es war nicht so gekommen, wie sie gehofft hatte. Die strahlenden ungeborenen Engelsgesichter waren in den Augen der Gesellschaft – und in finsteren Momenten in ihren eigenen Augen – lebendiger als das arme, weltliche, ängstliche Gesichtchen Arthur Hallam Jesses, obwohl er ein hübscher Knabe war. Er war der peinliche lebende Beweis des Scheiterns ewiger Jungfräulichkeit, und sie benahm sich ihm gegenüber nicht ungezwungen und wußte, daß er es wußte und daß er sie für kaltherzig hielt. In Alfreds Gedicht war kein Platz für Arthur Hallam Jesse, wenngleich es mit einer Hochzeitsfeier endete, der doppeldeutigen Versicherung der Macht des Lebens über den Tod, der Einladung an eine neue Seele, sich »aus der Weite zu bemühn, / zu werden Teil begrenzten Seins«. Alfred hatte ihre unpassende Hochzeit übergangen und die ihrer Schwester Cecilia mit Edmund Lushington gefeiert, einem Freund, der wie er und Arthur zu den Apostles gezählt hatte, von ihm gepriesen als

kraftvoll und ehrenwert
Und sanft, von großzügiger Denkungsart,
Standhaft und edel; das Gewicht
Des Wissens tragend federleicht.

Auch hier war sie in Alfreds Worten kurz mit Arthur vereinigt:

Nie ward mir solches Glück vergönnt,
Seit ich erfuhr, daß er erwählt
Zur Braut die Schwester mein, niemals
Seit jenem schwarzen Trauertag.

Ihren eigenen Hochzeitstag, ein paar Monate vor der Hochzeit Cecilias, hätte er kaum mit so wohlgewählten Worten feiern können. Statt dessen war es ihm gelungen, ihre Heirat zunichte zu machen, als hätte sie nie stattgefunden, als wäre jenes Gelöbnis nie erfolgt, als wären jene Kinder nie gezeugt worden, in denen A. H. H.s Seele möglicherweise ein neues Zuhause finden konnte.

Nun, da sie bald zur Gattin wird,
Steht auf den Toten wartend sie,
Ringsum deren Gedenktafeln,
Indes des Lebens Worte ihr

Ins Ohr gehaucht. Sie trägt den Ring,
Die Frage »willst du« wird bejaht
Und abermals, so daß aus zweien
Ein Wesen wurde durch ihr Ja.

[...]

Nicht tadeln möge man mich, wenn
Ich einen stillen Gast beschwör,
Der ungesehn sich beigesellt
Und schweigend seinen Glückwunsch spricht.

Auch sie liebte Cecilia. Cecilias tote Kinder näherten sich aus der Geisterwelt über die Stimmen Sophy Sheekhys und Mrs. Papagays. Cecilia hatte eine glückliche Ehe geführt, doch der Knabe Edmund, dessen Existenz in dem Gedicht beschworen wurde, war vor langer Zeit als Dreizehnjähriger gestorben, und im Verlauf langer Jahre waren ihm seine zwei Schwestern Emily und Lucy im Alter von neunzehn und von zweiundzwanzig Jahren gefolgt, was der armen Cecilia das Herz gebrochen hatte. Aber selbst Cecilia, der gutherzigen, harmlosen Cecilia war es nicht gelungen, Richard zu lieben, und nach einem seiner Besuche hatte sie die Befürchtung geäußert, er könne »zu einer ständigen Einrichtung« werden. So wie Richard als Seemann auf sonderbar selbstverständliche Weise keine Furcht kannte, so war er sich als soziales Wesen ähnlich sonderbar und ähnlich selbstverständlich der Gefühle, der Reizbarkeit, der Vorbehalte anderer Menschen nicht bewußt. Er redete drauflos und sagte, was er dachte, was er fühlte, gerade so, als lebe jedermann behaglich an einem offenen, hellen, gleichmäßig beleuchteten Ort, wo der Schein nicht trog, und brachte die anderen an den Rand des Wahnsinns. Das zumindest fiel Emily auf, wenn sie es wahrhaben wollte, was meist nicht der Fall war. Sie verschanzte sich hinter ihrer Aura aus Wunderlichkeit, tragischem Geschick und übertriebener Fürsorge für Pug und Aaron.

Wäre Richard nicht so ahnungslos und furchtlos gewesen, hätte ewige Jungfräulichkeit sehr wohl ihr Geschick und ihre Zukunft ausmachen können, und man hätte sie verehrt und geliebt. Sie hatte sich nicht sogleich in Richard »verliebt«, wie sie es in gewisser Weise mit dem strahlenden Arthur im Feenwald erlebt hatte. Arthur hatte sie mit einer »bebenden Blüte« verglichen, mit einem »Wesen wie Undine, aus feineren Elementen geschaffen als gewöhnlicher Erde«. Richard saß ihr gegenüber im düsteren, holzgetäfelten Eßzimmer der Hallams, als hätte ein Dämon ihn zu Stein verwandelt, das schwere Silberbesteck auf halbem Weg zwischen seinem Mund und dem Hühnerfrikassee auf seinem Teller, während er gedankenverloren vor sich hin starrte, als wäre er damit beschäftigt, wie sie ihm später erklärte, eine schwierige Gleichung auszurechnen. Jemand sagte: »Was beschäftigt Sie so, Mr. Jesse?«, und er antwortete arglos: »Ich dachte gerade, wie lebhaft und wie schön Miss Tennyson im Kerzenlicht aussieht. Noch nie habe ich ein interessanteres Gesicht gesehen.«

»Das ist allerdings ein Kompliment«, sagte der Jemand, der sich als Julia Hallam herausstellte, und er sagte es in etwas säuerlichem Ton, dachte Emily, die sich daran erinnerte, wie sie den Blick auf ihr Hühnerfrikassee gesenkt hatte, und sich fragte, ob sie vielleicht zu auffallend gelächelt hatte oder sich vorwitzig benommen hatte.

»Es ist kein *Kompliment*«, hatte Richard sich gewehrt. »Es ist das, was ich denke. Was ich denke. Komplimente mache ich nie.«

Und er widmete sich wieder seiner Betrachtung, was seine Tischnachbarn nicht unbeträchtlich amüsierte, wenngleich sie bemüht waren, sich nichts anmerken zu lassen, so daß sein Huhn kalt wurde und die anderen Gäste auf ihn warten mußten. Später am Abend neckten Ellen und Julia Emily mit der Eroberung »dieses tölpelhaften Leutnants zur See«, und Emily kicherte genau wie sie und sagte, Eroberungen zu machen habe sie nicht im Sinn. Aber sie schloß ihn ins Herz, weil er sie verehrte – wie hätte sie auch anders gekonnt –, selbst wenn seine Verehrung sie in Verlegenheit brachte. Sie war erfreut, als er sie einmal auf der Wimpole Street einholte und neben ihr ging, wobei er seelenruhig über das schwierige Leben in London, verglichen mit seinem Zuhause in Devenshire, sprach und eine große, feste Hand unter ihrem Ellbogen plazierte, um beim Abschied vor der Tür der Leihbücherei, die sie aufsuchte, zu sagen: »Ich wollte Sie damals bei dem Essen nicht in Verlegenheit bringen, Miss Tennyson. Das war nicht meine Absicht. Ich habe einfach gesagt, was mir in den Sinn kam. Das tue ich immer, und es bereitet mir Scherereien ohne Ende und mehr Verdruß, als ich mir wünschen kann, aber was ich sagte, war die Wahrheit, ich bewundere Sie über alle Maßen, und es ist nicht meine Art, den Damen Komplimente zu machen. Ich pflege wenig Umgang mit Damen, und um Ihnen die Wahrheit zu gestehen, hat keine mich je sonderlich interessiert. Aber mit Ihnen ist es anders. Sie interessieren mich.«

»Danke, Mr. Jesse.«

»Jetzt sind Sie pikiert, aber das wollte ich nicht. Warum sind die einfachsten Dinge immer so kompliziert und schwierig? Ich wollte Ihnen ganz einfach sagen, wie sehr ich bewundere, daß Sie Ihren großen Kummer bewältigt haben –«

»Ich fürchte, daß ich ihn weder bewältigt habe noch je bewältigen werde.«

»Nicht *bewältigt*, das war das falsche Wort, nein, ich meinte, wie lebendig Sie wirken – wie *lebendig*, Miss Tennyson, das zu sehen ist beglückend.«

»Danke sehr.«

»Ich glaube, Sie verstehen mich nicht. Ich wollte nicht so viel reden, aber ich kann es nicht lassen, wie der Nordwind, wenn er loslegt – haben Sie je gespürt, daß jemand anders *mit ihnen zu tun hat*, in dem Augenblick, in dem sie ihn sehen, überall gibt es Leute mit Nasen wie aus Teig und mit Augen wie Korinthen und andere, die aussehen wie römische Büsten, Sie verstehen, und plötzlich sehen Sie ein Gesicht, das *lebendig* ist – lebendig für Sie –, und Sie wissen, daß es mit Ihnen zu tun hat, daß dieser Mensch zu Ihrem Leben gehört, haben Sie das je empfunden?«

»Einmal«, sagte Emily. »Ich glaube, einmal.« Hatte sie es wirklich empfunden? Sie standen auf der Straße und sahen einander an. Richards glatte, freundliche Stirn furchte sich bei seinem hilflosen Bemühen, ihr zur Erkenntnis dessen zu verhelfen, was ihm als völlig klar erschien. Er bewegte seine

Arme ungelenk, halb wie zum Gruß, halb, als wolle er sie in die Arme schließen, und trat ein paar Schritte zurück.

»Ich will nicht länger stören, Miss Tennyson, ich gehe jetzt und hoffe, daß Sie ein andermal mit mir sprechen werden und daß Sie mir wegen meiner Ungeschicklichkeit nicht böse sind. Wenn ich recht habe, dann haben wir uns so manches zu sagen, und wenn nicht, dann wird sich das schnell genug herausstellen, ohne daß einer dem anderen gram sein muß, nicht wahr? Und deshalb sage ich Ihnen jetzt adieu, Miss Tennyson. Es war mir ein Vergnügen.«

Und er eilte mit großen Schritten die Straße entlang, und sie stand da und wußte nicht, ob sie lachen oder weinen sollte.

Zielstrebig und hartnäckig hatte er um sie geworben, und es hatte den Anschein, als sei er sich keinerlei Lächerlichkeit an dieser Situation bewußt. Er begleitete Miss Tennyson in Museen und in Parks, er saß auf zu kleinen Stühlen mit zu zierlichen Teetassen in den Händen und lauschte den Hallams, die erörterten, was aus Arthur geworden wäre, nickte verständig und starrte Emily an. Emily spähte durch ihre Locken zurück, die noch immer üppig und glänzend waren. Ellen und Julia fanden sein längliches Gesicht gedankenleer und auf dümmliche Weise liebenswert. Emily war vor allem von seiner Güte beeindruckt. Richard Jesse schien keinerlei Bosheit zu besitzen, so daß die harmlosen Spöttereien anderer auf seine Kosten ihr unverhältnismäßig grausam vorkamen. Und beim Hinsehen fiel ihr außerdem auf, daß manches an ihm ihr auf eine Weise *körperlich* gefiel, die zu erwähnen ungehörig gewesen wäre. Er hatte schöne Augenbrauen. Sein Mund war wohlgeformt. Sein langer Rücken und seine langen, festen Beine waren elegant und *kraftvoll*. Auch die Hände sprachen von Kraft, die Teetassen auf ihren Untertellern klappern ließen, aber zweifellos – denn sie hatte begonnen, sich sein Leben vorzustellen – in einem Schneesturm mit

Tauen anders umzugehen wußten. Sie sagte sich, daß er ein Mann der Tat war, nicht der Worte, trotz des unablässigen, unzusammenhängenden Redeflusses, und er erschien ihr wie die seemännischen Helden bei Miss Austen. Arthur hatte ihr *Emma* zukommen lassen, ein Buch, das sie liebte, doch ihr heimliches Lieblingswerk aus der Feder Miss Austens war *Persuasion*, die Geschichte einer nicht mehr ganz jungen Frau, die als alte Jungfer behandelt wurde, einen Kapitän zur See liebte und die Worte sprach: »Das einzige Vorrecht, welches ich für mein Geschlecht beanspruche (und es ist keines, um das man mich beneiden müßte), ist das, am längsten zu lieben, wo keine Gegenliebe, keine Hoffnung mehr besteht!«

Seinen Antrag machte er im Haus der Hallams, ohne sich den Kopf darüber zu zerbrechen, ob es zartfühlend sei, dies an einem Ort zu tun, wo Arthur hätte wandeln können, oder sich an eine Dame zu wenden, die in einem dunklen Ledersessel saß, in dem Arthur hätte sitzen können. Über ihnen dräuten düster, ungemütlich und schwärzlich die Lederbände der Geschichtswerke des alten Mr. Hallam. Winterliches Licht drang von der Straße herein, Alfreds »langer, allen Reizes barer« Wimpole Street, wo er klopfenden Herzens auf »die Hand, die niemals ich umschließen mehr« gewartet hatte. Richard zog seinen Stuhl näher zu Emilys Sessel, was auf dem gebohnerten Boden laut quietschte. Sie verschränkte die Hände um ein Knie und spürte, wie Arthurs Ring ihr in die Finger schnitt.

»Ich muß Sie etwas fragen«, sagte Richard Jesse. »Es ist nicht leicht, Sie allein zu sprechen, und der Gedanke, daß die Damen des Hauses jederzeit zurückkommen können, macht mich nervös. Deshalb will ich mich kurz fassen – lachen Sie nicht, ich kann mich kurz fassen, wenn es um etwas Dringliches geht, ich kann schnell handeln, wenn ein Schiff auf Grund läuft oder ein Sturm aufkommt –«

»Eine merkwürdige Metapher«, sagte Miss Tennyson, die

ihn mit zur Seite geneigtem Kopf betrachtete. »Laufen wir Gefahr zu stranden oder Schiffbruch zu erleiden?«

»Ich hoffe nicht. Jetzt rede ich schon wieder zuviel. Sie wissen ganz genau, was ich sagen will, habe ich recht? Ich möchte Sie fragen, ob Sie meine Frau sein wollen. Nein, antworten Sie nicht zu schnell, ich weiß auch, was *Sie* sagen müssen. Aber ich bin mir sicher, daß Sie mit mir glücklich sein könnten. Sie sind kein gemütliches Naturell, gewiß nicht, Sie stecken voller Eigensinn und Launen und Temperamentsausbrüchen, und ich glaube nicht, daß Sie viel *Vernunft* besitzen, um ehrlich zu sein, aber ich glaube, daß wir gut zueinander passen, ich glaube, daß wir beide das sind, was der andere braucht. Sofern ein Mitglied der Familie Tennyson es ertragen kann, einen Antrag von jemandem anzuhören, der einen so ungelenken Satz hervorzubringen vermag. Maladroit«, sagte er, als ihm ein besseres Wort einfiel. Sie öffnete den Mund.

»Nein«, sagte er, »sprechen Sie noch nicht. Ich weiß, daß Sie nein sagen werden, und das kann ich nicht *ertragen*. Denken Sie nach, denken Sie drüber nach, und dann werden Sie sehen, wie hervorragend sich alles fügen würde. O bitte, Miss Tennyson, *denken Sie an mich*.«

Emily war gerührt. Sie hatte eine kleine Rede vorbereitet, ehrlich, soweit sie darüber nachgedacht hatte, die davon handelte, wie eine große Liebe den Menschen ausbrennt. Sogar eine Zeile von John Donne hatte sie sich zurechtgelegt – »Nach solcher Liebe kann man lieben nimmermehr«. Sie glaubte es. Sie glaubte es. Richard Jesse legte eine große Hand auf ihre verschränkten Hände und einen Finger der anderen auf ihre Lippen.

»Sprechen Sie nicht«, sagte er.

Sie konnte ihre Hände nicht rühren, um seinen Finger wegzuschieben. Als sie ihre Lippen bewegen wollte, um zu sprechen, merkte sie, daß sie in gewisser Weise den großen Zeigefinger küßte. Sie öffnete die Augen sehr streng und blickte in seine Augen, konzentrierte, blaue, entschlossene Augen. Sie wollte sagen: »Sie sehen aus wie ein Pirat, der sich anschickt, eine Brigg zu entern«, aber sie konnte nicht sprechen. Ärgerlich schüttelte sie den Kopf hin und her. Ihr Haar raschelte wie Seide auf ihren Schultern. Er ergriff eine Flechte mit der Hand, die sie behindert hatte. »Wunderschön«, sagte er. »Das schönste Haar, das ich je gesehen habe.«

»Sie sind sehr töricht«, sagte Emily; sie war durcheinandergebracht und verstört. »Ich bin über dreißig Jahre alt. Ich bin kein junges Mädchen. Meine Tage des Liebens sind vorüber. Ich habe mich mit dem Leben einer Ledigen abgefunden. Ich – ich kann nichts mehr empfinden.«

»Das glaube ich nicht.«

»In all den Jahren bin ich mir vorgekommen wie ein *Stein*. Ich bin es müde, etwas zu empfinden. Ich will nichts mehr empfinden.«

»Das glaube ich nicht. Ich weiß, daß Sie kein junges Mädchen sind. Sie sind älter als ich, das wissen wir beide, da müssen wir uns nichts vormachen. Junge Mädchen sind anstrengende Geschöpfe mit ihren hochfahrenden, romantischen Vorstellungen vom Leben, aber Sie, Miss Tennyson, Sie sind eine richtige Frau. Sie sollten heiraten. Sie sind nicht dazu geschaffen, eine alte Jungfer zu werden, das weiß ich, ich habe Sie gut beobachtet. Ich weiß, daß Sie denken, es wäre Ihre *Pflicht*, aber dabei haben Sie nicht an mich gedacht, habe ich recht? Mit mir haben Sie nicht gerechnet, stimmt's?«

»Nein«, sagte Emily mit schwacher Stimme, »das habe ich nicht.«

Etwas in ihr, etwas Schwarzes und Grausames, wollte sein unsicheres Selbstvertrauen erschüttern, wollte ihn demütigen, verspotten, verletzen. Und ein anderer Impuls wollte ihn glücklich machen, ihn vor jener Roheit schützen, der gegenüber er sich in so seliger Ahnungslosigkeit befand. Sie sagte: »Mein Herz, Mr. Jesse, wurde versiegelt, als Arthur starb. Ich habe ihn über alles geliebt und habe ihn verloren. Das ist meine Geschichte. Mehr kann es nicht geben, weder für mich noch für ihn.«

»Ich habe nichts dagegen, daß Sie ihn geliebt haben«, sagte Richard Jesse. »Wenn Sie ihn so sehr geliebt haben, dann zeigt das nur, daß Sie lieben und treu sein können – wie auch ich, wie ich wohl weiß, obwohl ich es noch nicht beweisen mußte. Wir werden seiner nicht vergessen, Miss Tennyson, wenn Sie mich heiraten – diese Liebe soll nicht erlöschen. Ihre Tiefe und Beständigkeit kann Ihnen nur zur Ehre gereichen, glauben Sie mir.«

»Vielleicht wollen Sie mich nur deshalb heiraten, um seinetwillen. Vielleicht sehen Sie mich als Gegenstand des Mitleids – ich weiß, daß Sie ein gutes Herz haben, das weiß ich. Aber mich muß man nicht erretten.«

»Zum Henker, ich will Sie nicht *erretten*. Verstehen Sie denn nicht? Wenn Sie zuhören würden – ich habe Ihnen doch gesagt, daß wir zueinander passen, ich spüre es in meinen Knochen – und in meinem Herzen und in meiner Leber und in allen Nervenspitzen. Warum kann ich Ihnen die schlichte Wahrheit nicht klarmachen?«

Sie schwieg. Er sagte: »Ich würde Sie so gern in die Arme nehmen. Ich weiß, daß Sie *spüren* würden, wie recht ich habe. Diese verwünschten Stühle – und die muffigen Bücher – das ist nicht das Richtige – ich würde gerne mit Ihnen am Strand entlanggehen und die Seemöwen hören – dann würden Sie es spüren – ich bin etwas außer Fassung, ich habe nicht gut geschlafen, weil ich versucht habe, mich vorzubereiten auf – auf – es ist schlimmer als jede Schlacht.«

»Ich kann es nicht«, flüsterte sie.

»Wenn Sie es nicht können, wenn Sie ganz sicher sind, daß Sie es nicht können, wiederholen Sie es, und ich gehe auf der Stelle und werde nie wiederkommen, Sie nie wiedersehen. Verstehen Sie mich? Glauben Sie mir? Ich meine es ernst. Wenn Sie mir wirklich sagen können, daß Sie nicht wollen – nicht können – daß Sie es nicht wünschen –, dann gehe ich.

Ich kann mich nicht verstellen, ich werde Sie nicht wiedersehen wollen. Hören Sie mich?«

»Schreien Sie nicht so laut, Mr. Jesse. Man wird kommen.«

»Was gehen uns die anderen an?« fragte er, obwohl das ein Irrtum war. Emily, trotz allem von seinem Wagemut angetan, erhob sich abrupt, vielleicht weil sie sich von ihm verabschieden wollte. Aber sie schwieg und rührte sich nicht vom Fleck. Sie stand stumm da. Er machte einen Schritt auf sie zu – er war noch größer als ihre großen Brüder und war wie diese ein gutaussehender brünetter Mann – und legte seine großen Hände auf ihre Schultern. Dann hob er sie hoch und hielt sie an seine Hemdbrust und legte sein Gesicht sanft an das ihre. Seine Hände und seine Haut sprachen zu ihr, er zog sie an wie ein Magnet, er war so stark wie ein Baum, ein Baum im Sommer, summte der Dichter in ihrem Kopf, und sie legte ihren Kopf auf seine Schulter und lauschte ihrem Blut, das dröhnte und rauschte.

»Sie – ersticken – mich – ich bekomme keine Luft. Mr. Jesse, ich bekomme keine Luft.«

»Antworten Sie mir –«

»Lassen Sie mich herunter. Ich antworte Ihnen. Ich sehe, daß ich Ihnen nicht widerstehen kann. Lassen Sie mich herunter. Lassen Sie mich mein Gleichgewicht wiederfinden.«

»Ich würde am liebsten wie ein Löwe brüllen«, sagte er – in zivilisiertem Ton. »Aber das kann ich später tun; wenn wir verheiratet sind, können wir tun, was uns gefällt.«

»Das weiß ich nicht so sicher«, sagte Emily, die wieder auf ihren Füßen stand, mit plötzlich erwachter Vorsicht.

Natürlich hatten sie nicht immer getan, was ihnen gefiel, aber sie hatten miteinander vieles getan, was sie als alte Jungfer und Hätschelkind der Hallams nie hätte tun können. Sie dachte, daß sie mit den Folgen ihres Verrats an den Hallams gerechnet hatte, aber nicht mit der Bestürzung und Mißbilligung der Tennysons und der Gesellschaft. In finsteren Träumen standen sie gegen sie aufgereiht, anklagend, verletzt, erbittert. Und neben ihnen stand in den Träumen ein einsames Wesen, das Mädchen im schwarzen Kleid mit der weißen Rose im Haar, wie er es an ihr geliebt hatte. Man wird durch das ganze Leben begleitet, so begriff Emily Jesse immer wieder, nicht nur von den geliebten Toten, die uns Vorwürfe machen, sondern auch vom eigenen Gespenst, das ebenfalls anklagt, ebenfalls nicht besänftigt ist.

IX

Sophy Sheekhy stand in ihrem weißen Hemd vor dem Spiegel. Sie starrte ihr Spiegelbild an, und das Spiegelbild starrte zurück. Der Spiegel auf der Kommode aus Kiefernholz reflektierte den Drehspiegel neben der Zimmertür, was bewirkte, daß sie auf unzähligen Türschwellen, die sich weiß und grün in die immer kleiner werdende Unendlichkeit fortsetzten, immer wieder hinter sich selbst stand. Sie legte einen Finger an den violetten Schatten unter ihren weitgeöffneten Augen, und ihre Abbilder taten es ihr gleich. Sie berührte ihre Lippen, lehnte sich vor und atmete auf die Glasoberfläche aus, und alle Gesichter waren sogleich vernebelt, grauweißlicher Nebel, den blasses Haar krönte, das man farblos hätte nennen können, obwohl das keine gute Bezeichnung war, es war Haar, für das es keine zutreffende Bezeichnung gab, weder die Namen der weichen Tiere wie Maus oder Taube noch die der Ernte wie Korn oder Heu, noch die von Metallen wie Gold oder Bronze, und dennoch war es unverkennbares, ganz gewöhnliches, typisches blasses oder helles Haar. So viele zu sein hieß keiner zu sein. Sie war überall und nirgends. Sie starrte in die Pupillen ihrer Augen, der Augen Sophy Sheekhys, all dieser Augen, in den samtigschwarzen Punkt, wo nichts zu erkennen war, und nichts war dort, niemand war dort.

Sie hatte sich eines Tages solcherart selbst hypnotisiert, und Mrs. Papagay hatte sie gefunden, als sie völlig erstarrt dastand und sich anstarrte, kalt und klamm zu berühren. Mrs. Papagay hatte sie mit warmen Armen an einen großherzigen Busen gedrückt, hatte sie in eine Decke eingewickelt und ihr Brühe eingeflößt, als sie mit einem Ruck zu Bewußtsein kam und nicht wußte, wo sie geweilt hatte. Mrs. Papagay war so warmherzig wie eine warme braune Drossel in ihrem weichen Nest. Sophy hatte das Herz klopfen gehört und sich nicht gefürchtet, zurückzukehren. In ihrer Kindheit war es vorgekommen, daß sie solche Absenzen mit weniger glücklichem Ausgang herbeigeführt hatte. Sie hatte über Möglichkeiten verfügt, ihren Körper zu verlassen, die ihr als sehr kleinem Kind völlig natürlich erschienen waren, als etwas, was jedem zur Verfügung stand und zum Alltag gehörte, etwas, was so selbstverständlich war wie Wasser zu trinken oder den Nachttopf zu benutzen oder sich die Hände zu waschen. Indem sie auf ganz bestimmte Weise die Luft anhielt oder ihren Körper auf dem Bett in einem bestimmten Rhythmus wölbte und fallen ließ, konnte sie zu einer fliegenden Sophy werden, die nahe der Zimmerdecke schwebte und friedlich die Hülle betrachtete, die sie verlassen hatte, die reglose, bleiche Hülle mit ihren geöffneten Lippen und geschlossenen Lidern. Ihre Mutter, eine jähzornige Frau mit roten rissigen Händen, so rauh wie Muskatreiben, hatte sie jedoch brüsk ins Leben zurückbefördert, mit Schütteln und Schlägen, woraufhin Sophy sich einen Monat lang ständig übergeben mußte und vor Unterernährung beinahe gestorben wäre. So hatte sie gelernt, sich vorzusehen und ihr Gehen und Kommen im Zaum zu halten.

Hinter ihr raschelte es im ganzen Zimmer, als wäre der Raum voller Vögel. Es war das Rauschen der Erschöpfung in ihren Ohren, es waren weiße Schwingen, die sie sehen konnte, wenn sie den Kopf wendete. Im Geist sah sie Tauben mit goldenen Augen, Tauben überall, Tauben, die sich auf dem Kopfteil des Betts und auf der Fensterbank putzten. Sie sah ihre kleinen rosa Krallen, so verletzlich, so nackt, so kritzelig, sich spreizen und schließen, öffnen und schließen. Im Geraschel begann sie ihre sanften Stimmen gurren zu hören. Wenn sie sich jetzt umdrehte, konnte das Zimmer voller weißer Schwingen sein oder auch nicht. Sie hätte nicht sagen können, ob sie die Tauben sah, weil sie es erwartete, oder ob sie ihre Anwesenheit spürte und ihren Geist darauf konzentrierte, sie sichtbar zu machen, oder ob die Tauben einfach da waren und sie nur zufällig in der Lage war, sie zu sehen. Sie konnte sie nicht in Papageien, Austern oder Rosen verwandeln, mochte sie sich noch so sehr anstrengen, wie sie inzwischen wußte. Sie existierten unabhängig von ihr, sie sprachen miteinander in ihren gurgelnden Tönen, die tröstlich klangen, gereizt, aufgeregt und besänftigend.

Sie sah dem Spiegelbild in die Augen und sagte, nicht zum Spiegelbild: »Bist du da?« Sie rief ihn oft, und oftmals hatte sie den jungen Mann gespürt, unruhig und schwer zu fassen, hinter ihr im Raum wie die Tauben oder die anderen Geschöpfe, die bisweilen dort umherschlichen, -glitten oder -schritten. Sie konnte ihn nicht sehen, und er sprach kein Wort, aber sie spürte seine Gegenwart. Er wollte zu ihr gelangen, er wollte etwas mitteilen, das nahm sie an, indem sie sich der Sprache bediente, die sie gelernt hatte, seit sie dieses Metier gewählt hatte. Manchmal hatte sie den Eindruck, er wäre schon lange gekommen, wenn sie sich weniger vor ihm gefürchtet hätte. Sie spürte, daß er in weiter Ferne weilte, in Kälte und Einsamkeit, aber vielleicht verhielt es sich ganz anders, vielleicht litt ein so edler und vollkommener junger Mann keineswegs unter Kälte und Einsamkeit, sondern wußte um den Weg in die Himmel, von denen Mr. Hawke so zuversichtlich sprach. Sie wollte von Nutzen sein, ihm ein Tor öffnen, aber er kam nicht. Nur ein kalter Luftzug zwischen den warmen Vögeln und ihrem friedvollen Geschäft, der sie erneut fragen ließ: »Bist du da?«, und ihr schien, als habe es eine bejahende Antwort gegeben.

Schon als Kind hatte sie Leute herbeibeschworen. Sie hatte Leute aus Geschichten herbeibeschworen – Rapunzels bejammernswerten geblendeten Prinzen, den armen ermordeten Abel aus der Bibel, ein Kind mit Namen Micky, das ihr bester Freund war, bis sie Mrs. Papagay kennenlernte, und das in allen möglichen Formen erschien, von einem Gefühl seiner Anwesenheit über die Vorstellung eines zigeunerhaften, dunkelhäutigen Jungen bis hin zu einer Erscheinung aus mehr oder weniger Fleisch und Blut, die auf der Kommodenkante saß und mit den Fersen gegen das Holz trommelte, deren abgebrochenen Fingernagel und geplatzte Lippe sie Woche um Woche einfach sehen konnte. Es gab ihn einfach. Zu anderen Zeiten gab es ihn *beinahe*, und sie verwandte ihren ganzen Willen darauf, ihn herbeizuzwingen. Sie erzählte ihm Dinge, die er zu verstehen schien. Er erzählte ihr nichts. Hin und wieder führten ihre Bemühungen, Micky oder andere erwünschte Wesen herbeizubeschwören, zu unerwünschten und unerwarteten Besuchen. Ein wütender Säugling weiblichen Geschlechts, der schrie und nicht zu trösten war, eine drohende kalte männliche Präsenz, die nach ihr – Sophy – greifen wollte, sie aber, wie sie spürte, nicht sehen konnte, nicht so, wie sie ihn sah mit seinen bläulichen Bartstoppeln und den hervorquellenden Augen. Sie waren Bewohner einer anderen Welt als die auf dumpfe Weise vorhandenen Besucher – insgesamt nicht mehr als fünf oder sechs – wie die ertrunkenen Verwandten, die sie bei ihrer ersten Herrschaft bewirtet hatte, oder die stattliche Matrone, die verzweifelt eine Uhr suchte, die sie im Crimmond-Wäldchen verloren hatte, oder der Hökersjunge, der ihr erzählte, daß sein Pferd ihm fehle, obwohl es ihn totgetreten hatte, doch Whitey konnte nichts dafür, weil es vor Schmerzen im Fesselgelenk fast verrückt geworden war. Keiner dieser handfesten Revenants hatte sich je bei einer Seance blicken lassen; dort wurden Erscheinungen entweder mittels allgemeiner Anstrengung herbeigezaubert oder infolge ihres heftigen Wunsches zu helfen in Ansätzen von ihr erblickt, oder Bewohner einer anderen Dimension wie die flaschengleiche Kreatur mit ihren glühenden Augen waren teilweise für sie wahrnehmbar; letztgenannte Kreatur war die in ihrer Art lebhafteste Erscheinung gewesen, doch wahre materielle Realität war eine andere Sache.

Sophy Sheekhy kämmte ihr Haar, und die Tauben raschelten und gurrten. Sie wünschte so inständig, den toten jungen Mann für Mrs. Jesse zu finden, genau wie sie Kapitän Papagay für Mrs. Papagay zu finden wünschte, doch gerade die Inbrunst, mit der sie dies wünschte, schien die Geister fernzuhalten. Wesen erschienen, Geister näherten sich, aber in Bezirken von Unaufmerksamkeit und Undeutlichkeit, dort, wo sie unkonzentriert war, und nicht, wo ihre Aufmerksamkeit weilte. Dennoch spürte sie, daß er nicht mehr fern war. Zwischen den Tauben war eine Stelle der Kälte – vielleicht wartete er dort. Sie hatte keine Ahnung, wie er aussah, stellte sich ihn jedoch bleich vor, mit goldenen Locken, breiter, unebener Stirn (die Anspielung auf Michelangelo kannte sie sowohl aus Mrs. Jesses Reden als aus *In Memoriam*). Mrs. Jesse wollte einmal seine Phantomgestalt auf einer Photographie entdeckt haben, die in Bristol von ihr aufgenommen worden war, doch Sophy Sheekhy konnte trotz allen Brütens über der unscharfen Gestalt mit Zylinderhut hinter Mrs. Jesses in ein Cape gehüllten Schultern nicht viel mehr erkennen als kreideweiße Haut und kohlschwarze Augenhöhlen. Es konnte jedermann und niemand sein, dachte Sophy Sheekhy, wenngleich Mrs. Jesses Schwester Mary ebenfalls fand, die Gestalt ähnele Arthur ganz erstaunlich, Gesicht und Haltung erinnerten sie geradezu verblüffend an ihn.

Manchmal konnte sie den erforderlichen Geisteszustand der Leere und Verträumtheit erzeugen, indem sie in Gedanken Gedichte aufsagte. Bis zu ihrer Tätigkeit im Haus von Mrs. Jesse hatte sie nicht viele Gedichte gekannt, aber dort hatte sie sich an die Dichtkunst gewöhnt wie ein Wasservogel ans Schwimmen, was ein treffendes Bild war, denn sie schwamm darin, sie tauchte in den starken Strom der Gedichte ein und ließ sich von ihm wieder emportragen. Nicht nur im Haus von Mrs. Jesse wurden Seancen gern mit lyrischen Beschwörungen der Dahingeschiedenen eingeleitet. Besonders beliebt war *Blessed Damozel* von Dante Gabriel

Rossetti. Es war so schön und so traurig, darin stimmte Sophy Sheekhy mit anderen Lesern überein, wenn der einsame selige Engel sich voller Sehnsucht über die Himmelsbrüstung lehnt, während um ihn (besser gesagt, um sie) herum Liebende glücklich vereint werden, ihre Tränen versiegen, Engel der ehelichen Liebe, wie Mr. Hawke so gern erklärte, als wäre Rossetti Swedenborgianer, ohne es zu wissen. Sophy Sheekhys Geist war wie ein Fluß, in dessen Tiefen starke, unberechenbare Strömungen wirbelten, während sich an der Oberfläche die gerüschten, fedrigen Wellen gewöhnlicher weiblicher Sentimentalität kräuselten. Sie sah ihr Gesicht im Spiegel an und stellte sich das Gesicht des jungfräulichen Engels vor, die weiße Rose, die Maria ihm geschenkt hatte, sein weizenblondes Haar, den Busen, der die Brüstung erwärmte, auf die er sich lehnte. In der schroffen, kantigen Mrs. Jesse mit ihren faltigen Händen und ihrem faltigen Hals konnte Sophy Sheekhy das aufbrausende junge Mädchen wiedererkennen, wenngleich sie noch anderes spürte, etwas Katzenartiges, etwas Scharfes. Aber der jungfräuliche Engel in Rossettis Gedicht versetzte sie in Trance, bisweilen wortwörtlich. Es lag an den Abständen. Er wußte etwas, was auch sie wußte. Sie starrte in ihre Augen im Spiegel und sagte seine Zeilen über das Himmelreich auf.

Im Himmel liegt's, jenseits des Stroms
Von Äther brückengleich,
Drunter Gezeiten tags und nachts
Mit Flamm' und Dunkelheit
Die Leere furchen bis zur Erd,
Sich drehend gar so klein.

Liebende, rings um sie vereint
In freudigem Wiedersehn,
In ewiger Liebe Glückseligkeit
Beim Namen nannten sich,

Und ihre Seelen stiegen zu Gott
Wie Flammen rings um sie.

[...]

Die Sonne sank, der Sichelmond
Wie eine Feder schmal
Im schwarzen Abgrund hing; nun sprach
Sie in der stillen Nacht.
Der Sterne Stimmen im Gesang
Klangen ihrer Stimm' verwandt.

[...]

»Ich wollt' so sehr, er käm'«, sprach sie,
»Gewiß er kommen wird.«

Sophy Sheekhy hatte ihre Arme um sich geschlungen und schwankte ein wenig, wie eine Lilie auf ihrem Stengel, wie eine Schlange vor dem Schlangenbeschwörer, vor und zurück, und ihr Haar hob und senkte sich auf ihren Schultern. Ihre Stimme klang leise, rein und klar. Beim Sprechen konnte sie die Flammen sehen, den federgleichen Sichelmond, und sie spürte, wie sie aus sich selbst fortglitt, wie es bisweilen geschah, so als hätte sie das Auge an die Öffnung eines großen Kaleidoskops geführt, in dem ihr Gesicht wie ein Rauschgoldfetzen zwischen gefiederten Flocken, Schneekristallen, ganzen Miniaturwelten umherwirbelte. Sie hörte sich wie zur Antwort sagen:

»Er kommt nicht, nein«, sprach sie
Und klagte: »Weh mir, weh mir, ach,
Ich wünscht', ich wäre tot.«

Das war ein anderes Gedicht, und ihr wurde am ganzen Körper kalt, wenn sie es aufsagte. Sie umklammerte sich trostbedürftig, kalte Brust an kalten Armen, Finger, die die

Rippen berührten. Sie war sich dessen gewiß, beinahe, nein, gänzlich, daß inmitten der Federn, die sie umgaben, etwas anderes atmete. Gedichte raunten wie Stimmen durcheinander. Sie spürte einen jähen Schmerz wie einen Eiszapfen zwischen ihren Rippen. Sie hörte, wie Hagel- oder Regenschauer plötzlich wie verstreute Samenkörner gegen die Fensterscheibe schlugen. Im Raum spürte sie eine sonderbare Schwere, eine schwerfällige Präsenz, so wie man beim Klopfen an eine Tür empfindet, wenn man weiß, daß jemand im Haus wohnt, noch bevor Schritte auf der Treppe zu hören sind, Geräusche im Flur zu vernehmen. Sie wußte, daß sie sich nicht umdrehen durfte, und deshalb begann sie schläfrig in Gedanken die kostbaren Worte des Gedichts *Eve of St. Agnes* zu summen:

> Sie eilt' herein, der Docht erlosch,
> Im bleichen Mondeslicht sein Rauch verging:
> Sie schloß die Tür, schwer atmend, nähernd sich
> Luftgeistern und Gesichten unerhört:
> Kein Wort durft' ihr entschlüpfen – weh ihr sonst!
> Ihr Herz jedoch war so beredt, beredt,
> Daß ihre Brust vor Schmerz zu bersten droht',
> Wie eine Nachtigall, der Zung' beraubt,
> Zu singen sucht und stirbt vor Leid.

Das, was hinter ihr war, seufzte und atmete dann unbeholfen ein. Sophy Sheekhy sagte zweifelnd: »Ich glaube, du bist da. Ich würde dich gerne sehen.«

»Vielleicht wäre dir nicht recht, was du zu sehen bekämst«, hörte sie oder glaubte sie zu hören.

»Warst du das?«

»Ich sagte, vielleicht wäre dir nicht recht, was du zu sehen bekämst.«

»Es kommt nicht darauf an, was mir recht ist und was nicht«, hörte sie sich antworten.

Sie nahm die Kerze in die Hand und hielt sie zum Spiegel hoch, noch immer von dem abergläubischen Gedanken erfüllt, daß sie wie die Damen aus den Gedichten, wie Madeline, wie die Dame von Shalott, den Blick nicht von der Glasscheibe abwenden dürfe. Die Kerze warf einen kleinen Lichtkreis auf den Spiegel, umgeben von Düsternis, in deren Tiefe sie eine Bewegung zu sehen vermeinte.

»Trotzdem liegt es nicht immer in unserer Hand, ob es uns recht ist«, sagte er viel deutlicher.

»Bitte –«, flüsterte sie zum Spiegel.

Sie spürte, daß er näher kam, näher und näher. Sie hörte eine ironische, ganz leicht heisere Stimme die Worte des Gedichts sprechen:

> Und ihrem Traum er sich vermählt, der Rose gleich,
> Die ihren Duft mit dem des Veilchens mischt –
> O Lösung süß:

Ihre Hand zitterte, das Gesicht hinter ihr schwoll und schrumpfte, zerfloß und setzte sich wieder zusammen, nicht blaß, sondern purpurgeädert, mit hervorquellenden blauen Augen und rissigen dünnen Lippen über einem bebenden Kinn. Ein Geruch erfüllte plötzlich den Raum, kein Rosen-, kein Veilchenduft, sondern der Geruch modriger Erde, der Geruch von Fäulnis.

»Siehst du«, sagte die heisere, leise Stimme, »ich bin ein toter Mann, wic du siehst.«

Sophy Sheekhy holte tief Luft und drehte sich um. Sie sah ihr weißes Bett und Tauben, die sich in einer Reihe auf dem eisernen Bettgestell putzten. Sie sah flüchtig einen scharlachroten und blauen Papagei auf der Fensterbank. Sie sah dunkles Glas, und sie sah ihn, und er mühte sich, wie es ihr schien, sein Äußeres, das, was der Körperlichkeit bei ihm entsprach, zusammenzuhalten, mühte sich mit kraftlosem Trotz.

Sie wußte auf der Stelle, daß er es war. Nicht weil sie ihn erkannte, sondern weil sie ihn nicht erkannte und er dennoch aussah, wie man ihn ihr beschrieben hatte, die Locken, der schmale Mund, die breite Stirn. Er trug ein altmodisches Hemd mit hohem Kragen, das schon altmodisch gewesen war, als Sophys Mutter ein kleines Kind war, und fleckige Kniehosen. Zitternd und mürrisch stand er da. Es war kein menschliches Zittern. Sein Körper schwoll an und zog sich zusammen, als würde ihm die Form entzogen und er im nächsten Moment in sie zurückgepreßt. Sophy trat ein paar Schritte auf ihn zu. Sie sah, daß seine Augenbrauen und Wimpern lehmverklebt waren. Er wiederholte: »Ich bin ein toter Mann.«

Er entfernte sich von ihr; er ging wie jemand, der nach langer Krankheit seine Füße wieder gebraucht, und setzte sich auf die Fensterbank, wo er weiße Vögel aufstörte, die flatternd wegliefen und sich am Fuß der Gardine niederließen. Sophy folgte ihm, blieb stehen und betrachtete ihn nachdenklich. Er war sehr jung. Die Lebenden, die ihn liebten, erwarteten ihn wie eine weise Gottheit, die ihnen vorausgegangen war, doch der junge Mann vor ihr war jünger, als sie es war, und schien das äußerste Stadium der Erschöpfung erreicht zu haben, wenn man nach seiner Verfassung urteilen wollte. In der Kirche des Neuen Jerusalem hatte sie von Swedenborgs Begegnungen mit den jüngst Verstorbenen gehört, die nicht glauben wollten, daß sie tot waren und mit empörter Neugier die eigene Beerdigung besuchten. Später, so lehrte Swedenborg, mußten die Toten, welche die Neigungen und Gesinnungen des irdischen Bereichs ins Jenseits mitbrachten, dort ihr wahres Selbst und unter Geistern und Engeln ihre wahren, ihnen zugedachten Gefährten finden. Sie mußten begreifen, daß sie tot waren, und weiterleben. Sie sagte: »Wie steht es mit dir? In welcher Verfassung befindest du dich?«

»Wie du mich siehst. Verwirrt und machtlos.«

»Du wirst betrauert und beweint, mehr als irgendwer, von dem ich weiß.«

Ein schmerzlicher Krampf verzog das leblose, rote Gesicht, und Sophy Sheekhy spürte unvermittelt in Blut und Knochen, daß die Trauer um ihn ihm Schmerzen verursachte. Sie hielt ihn auf der Erde zurück oder zog ihn zurück oder überwältigte ihn. Er bewegte die schwere Zunge im Mund, ein nun ungewohntes Tun.

»Ich wandle. Dazwischen. Außerhalb. Ich kann es nicht erklären. Ich bin Teil von nichts. Verwirrt und machtlos«, fügte er hinzu, mit einemmal rasch und deutlich sprechend, als wären dies ihm vertraute Wörter, Wörter, die er all die langen Jahre hindurch in seinem Geist verbissen gezähmt hatte. Jahre, die ihm selbstverständlich nicht als solche erscheinen mußten. Denn tausend Jahre sind vor dir nur ein Tag.

»Du bist so *jung*.«

»Ich bin jung. Und tot.«

»Aber nicht vergessen.«

Wieder das schmerzliche Zusammenkrampfen.

»Und einsam.« Das unverhohlene Selbstmitleid der Jungen.

»Ich will dir gerne helfen, wenn ich kann.«

Solcher Hilfe schien er zu bedürfen.

»Halte mich«, sagte er. »Ich glaube – du kannst es nicht. Mir ist kalt. Es ist dunkel. Halte mich.«

Sophy Sheekhy stand kreidebleich da.

»Du kannst es nicht.«

»Ich werde es tun.«

Sie legte sich auf das weiße Bett, und er trat zu ihr mit zögerndem, unstetem Schritt, und legte sich neben sie, und sie drückte seinen Kopf und seinen Gestank an ihre kalte Brust. Sie schloß die Augen, um es besser ertragen zu können, und spürte sein Gewicht, eigentlich das Gewicht eines Lebenden, allerdings eines Menschen, der nicht atmete, der reglos wie eine Rinderhälfte dalag. Vielleicht war es ihr Tod, dachte

Sophy Sheekhy an der Oberfläche ihres Geistes, wo die gekräuselten Wellen erschrocken von der dunklen Tiefe fortstoben. Die dunklen Tiefen trugen sie jedoch, sie und ihn, Sophy Sheekhy und den toten jungen Mann. Mit ihren kalten Lippen küßte sie behutsam seine kalten Locken. Konnte er ihren Kuß spüren? Konnte sie ihn wärmen?

»Sei still«, sagte sie wie zu einem widerspenstigen Kind.

Er legte etwas wie eine Hand auf ihre Schulter, wo es wie Eis brannte. »Rede. Sprich. Zu. Mir.«

»Was? Was soll ich sagen?«

»Deinen Namen. John Keats.«

»Ich heiße Sophy Sheekhy. Ich kann – ich kann die *Ode an eine Nachtigall* aufsagen. Wenn du willst –«

»Ja. Sprich sie.«

»Pein fühlt mein Herz, des Schlafs Benommenheit
Quält meine Sinne, als hätt' Schierling ich
Getrunken oder ein Opiat geleert,
Welches zu Lethe läßt entgleiten mich.«

»Er wußte es«, sagte er. »Er wußte um die Kraft des lebensspendenden Gedankens der Liebe zum Schönen. Ich habe ein Wort wiedererweckt, um seinetwillen. Sensualistisch. Mein Wort. Nicht sinnlich. Sensualistisch.« Die heisere Stimme erstarb, wurde wieder lauter: »›Gebt mir Empfindungen und nicht Gedanken.‹ Tot beide. Beide tot. Sophy Sheekhy. Pistis Sophia. Gedichte sind die Schatten der Empfindungen, Pistis Sophia, die Schatten der Gedanken, sie leben im Gedächtnis, meine Liebe, und sind zugleich ebenfalls Gedanken und Empfindungen. Dein Busen wärmt mich, Pistis Sophia, wie eine erstarrte Schlange erwärmt wird. Pistis Sophia, sagen die Gnostiker, soll die erste Schlange ins Paradies entsendet haben.«

»Wer ist Pistis Sophia?«

»Aber, meine Liebe, der Engel, der vor dem Menschen im

Garten Eden war. Der lebensspendende Gedanke der Liebe zum Schönen. Sie waren beide jung, Keats und Shelley. Ich fühlte mich zu ihnen hingezogen, sie waren so jung. Sprich weiter. Im Dunkeln lausche ich. Im Dunkeln.«

»Im Dunkeln lausche ich; so manches Mal
Fühlt' ich mich halb dem sanften Tod verliebt,
Rief liebreich ihn in Träumen sonder Zahl,
Daß still mein Atem in der Luft versiegt';
Heut mehr als je zuvor der Tod süß scheint,
Zu scheiden schmerzlos hin um Mitternacht,
Indes dein Lied die Seele dein verströmt,
Jauchzend vor Seligkeit!
Du sängest fürderhin, nicht hätt' ich acht
Als Rasen auf dein edles Requiem.«

»Die Empfindung, nicht zu empfinden«, flüsterte das Wesen in ihren Armen. Es wurde immer schwerer. Das Atmen fiel ihr schwerer. Sophy Sheekhy versagte die Stimme.

»Vogel unsterblicher, nicht todgeweiht
Bist du, zertreten nicht von Hungrigen ...«

Ihr Gefährte atmete aus. Sie spürte den Eiseshauch seines Atems an ihrem Ohr.

»Nicht er sang, es sang, was erfühlt
Der Welt Düsternis und ihr Glück,
Leben und Tod und Liebespein,
Ohn' Unterlaß, ohn' Müdigkeit,
An keinem Ort und fern der Zeit ...«

Mitten im Zimmer erblickte sie eine Hand, eine dünne, braune Hand, eine gealterte Hand, die unsicher und ungeschickt ein Nachthemd zuknöpfte. Sie sah die Knopfreihe.

Die Knöpfe waren schief geknöpft. Die Hand machte sich an ihnen zu schaffen. Sie drückte die gefältelte Brust des Nachthemds an den Körper, als spürte sie für einen Augenblick den kalten Lufthauch der Anwesenheit Sophys und ihres Besuchers. »Ohn' Unterlaß, ohn' Müdigkeit«, sagte die kalte, benommene Stimme in Sophys Ohr. »Gute, lebendige Wörter. Ich wußte, daß er so groß sein würde wie Keats, so wie Coleridge in Wordsworth den größten Dichter seit Milton erkannte. Dafür habe ich ihn geliebt, das mußt du mir glauben, Pistis Sophia.«

»Oh, ich glaube dir, ich glaube dir.«

»Ich kann nichts sehen ... ich sehe nichts ... Sophia, ich kann nichts sehen ... was siehst du?«

»Nicht sehr viel. Eine Hand. Einen alten Mann, im Nachthemd, mit einer Kerze in einem Zimmer ... er hält die Hand zum Gesicht und – riecht an ihr ... er hat einen Bart – einen zottigen Bart, stellenweise ergraut – um den Mund gelblich – ein schöner alter Mann ... Ich weiß, wer er ist ...«

»Ich sehe nichts.« Die ungefügen, kalten Finger berührten ihre Wimpern, als versuchten sie, ihren Gesichtssinn zu ertasten. »Er ist alt, ich kann ihn nicht sehen. Ich glaube, ich rieche seinen Tabak. Er ging immer in einer Wolke von Tabak, einer brennenden, duftenden Wolke, und in den schalen Dünsten kalter Asche, den Dünsten der Tabakreste, der Schlacken ... Was tut er?«

»Er sitzt auf seinem Bett und bewegt die Hand vor dem Gesicht hin und her. Er sieht verwirrt aus. Und er sieht sehr gut aus. Und etwas geistesabwesend.«

»Man sollte meinen, ich könnte seine Gedanken hören. Aber ich kann es nicht.«

X

Alfred Tennyson hatte das Gefühl, daß sich in seinem Zimmer etwas bewegte. Er verspürte die Mischung aus allzu großer atmosphärischer Stille und Gänsehaut, die er gern mit den Worten »ein Engel geht über mein Grab« bezeichnete, wenngleich er sehr wohl wußte, daß er dabei zwei abergläubische Vorstellungen miteinander verschmolz, die der Engel, deren lautloser Flug Tischgeplauder um zwanzig vor oder nach der vollen Stunde verstummen ließ, mit dem prophetischen Schauder, den der bewirkte, der seinen Fuß auf den Lehm setzte, welcher eines unerbittlichen künftigen Augenblicks umgegraben werden würde, um Platz für die sterblichen Überreste des Erschaudernden zu machen. Außerdem spürte er Aufmerksamkeit, die seiner Hand galt, und deshalb hörte er auf, sich mit seinen Knöpfen zu beschäftigen, und hielt die Hand empor, als wäre sie ein eigenständiges, fremdes Geschöpf, das er zu fassen bekommen hatte. Die Finger waren schmal und braun und noch immer sehnig. Keine Fettpolster, keine Schlaffheit, obwohl er gehört hatte, wie Emily Jesse spitz bemerkt hatte, er habe seit seiner Heirat keinen Finger mehr gerührt, um etwas selbst zu tun. Einige der Finger waren durch das Tabakrauchen bräunlich verfärbt. Er befürchtete, den durchdringenden Tabakgeruch möglicherweise unbemerkt an sich zu tragen. Nie wieder würden seine Nasen frei davon sein, so wie die Nasen eines Stallknechts zweifellos alles durch einen warmen Nebel von Fell und Schweiß und Pferdepisse und Pferdedung wahrnahmen. Warm war es ein guter Geruch, ein lebendiger Geruch, wenn man so wollte, kalt weniger. Wie die Feuersäule bei Nacht und die Rauchsäule bei Tag, dachte er, brennend und duftend und dann schale Dünste, Schlacken, alte Schlacken, ein gutes

Wort, »Schlacken«. Stank er vielleicht? Er hob seine Fingerspitzen zur Nase. Er hörte das Summen kleiner loser Sprachfetzen, die ständig wie in einer Wolke um seinen Kopf tanzten, wie Schleier lebendigen und erstorbenen Rauchs, wie Staubflocken, die in den Lichtstrahlen wirbeln, »dichtgestäubt«, wie er es so treffend ausgedrückt hatte. »O laß die Hand mich küssen!« hörte er und erwiderte: »Laß mich sie erst abwischen; sie riecht nach dem Grabe.« Oder wenn nicht Lear, Lady Macbeth. »Alle Wohlgerüche Arabiens würden diese kleine Hand nicht wohlriechend machen.« Oder John Keats. »Ruht dieser warme Schreiber Hand im Grab.« Oder, schrecklicher, sein Fragment:

Diese belebte Hand, so warm, fähig
Des festen Griffs, müßt', wär' sie kalt,
Wär' sie im eisig stillen Grab,
Die Tage dir vergällen und vergiften deine Träume,
Daß leer von Blut dein Herz du wünschtest dir,
Um rotes Leben mir verliehn zu sehn
Und ruhig dein Gewissen – hier ist sie –
Ich reich' sie dir.

Er erinnerte sich daran, wie Arthur ihn damit im eulendüsteren, mondbeglänzten Schlafzimmer mit den zwei kleinen weißen Betten erschreckt hatte. »Das macht das Leben lebenswert«, hatte Arthur voller Begeisterung ausgerufen, »daß ein Mann so gut zu schreiben versteht, im Angesicht des nahen Todes, das ist eine noble Haltung –«. In Arthurs Gedichten hatte er eigene Bilder toter Hände geprägt, auf die er stolz war. Seine Bilder besaßen das täuschende Leben des Leblosen.

Hände, die ich so oft gedrückt,
Mit Tang und Muscheln tanzend nun.

Hände, die sich wie Seetang bewegten, wie Strandgut, das Gewoge ertrunkenen Fleischs, er hatte den Rhythmus des Wogens erfaßt. Arthurs Hände waren das an Arthurs Leben, woran er sich im nachhinein am deutlichsten erinnerte. Vierzig Jahre lang war Arthurs Händedruck in seinem Inneren erloschen wie eine Kerze, die erst schwächer wird, dann flackert. Er betrachtete die alten Kuppen seiner Fingerspitzen und berührte sie mit der freien Hand. Die Haut seiner Knöchel war sonderbar glatt geworden, hatte die Spuren des Lebens verloren, ganz im Gegensatz zu dem, was seinem Mund und seiner Stirn widerfuhr. Den Eindruck der warmen Handfläche Arthurs an der eigenen Hand, Arthurs festen Griff hatte er erinnert. Der Händedruck des englischen Gentleman, das war der Ort, wo Arthur ihm begegnete und sich ihm für kurze Zeit verband. Männlich, lebendig, neues Leben aus Berührung. Einander begegnen und einander verlassen. Nach dem schrecklichen Brief hatte ihn der Umstand, daß seine Hand noch immer diesen Händedruck erwartete, unendlich gemartert. Aus diesem Grauen hatte er wiederum herrliche Poesie geschöpft. Hunderte von Briefen hatten ihn erreicht. »Auch ich habe genau das gleiche empfunden, Sir, ich muß es Ihnen sagen: ›Und nichts wär' meinem Fühlen fremd.‹ Ihr intuitives Wissen ist uns ein großer Trost, wie Sie vielleicht gerne erfahren, Sir.«

Das war zu Anfang gewesen, als sein Körper und seine Gefühle sich außerstande sahen zu begreifen, was sein armes Gehirn auf der Stelle hingenommen hatte. Er hatte sich vorgestellt, wie das Schiff anlegte und die Passagiere ausstiegen.

Und sollt' mit ihnen kommen der,
Den ich verehrt' als halben Gott,
Mir unversehns die Hand reichen
Von tausend Dingen plaudern mir;

[...]

Keine Verändrung fiel' mir auf,
Vom Tod nichts kündete an ihm,
Gewohnt erschien' er mir, wie stets,
Und nichts wär' meinem Fühlen fremd.

Das war recht zutreffend, aber es war lange her, lange her. Arthur war in seinem eigenen Körper, in seiner eigenen Seele langsam gestorben, ganz allmählich, so wie ein Baum stirbt, hier ein paar Zoll, dort ein paar Zellen. Als Arthur gestorben war, hatte die bloße Erinnerung an seine körperliche Gegenwart, an eine Gebärde der Unduldsamkeit, Folterqualen bedeutet. Und dann hatte er auf absonderliche Weise im gleichen Maße, in dem Fleisch und Blut dem Schatten wichen, versucht, seinen Freund festzuhalten, den Vorstellungen Körper zu verleihen, das Ungesehene zu schauen. Doch Arthur hatte nicht zu sterben aufgehört.

Nicht schauen lassen sich die Züge, wenn
Der Düsternis ich mich bemüh' zu leihn
Das Antlitz wohlbekannt.

Frederick und Mary und Emily beschworen verstorbene Gestalten und Geister, doch ihn erschreckte dies und stieß ihn ab; was ihn erschreckte, war die Furcht, von Störungen des eigenen Gehirns genarrt zu werden, was ihn abstieß, war das Morbide daran. »Sehn werden wir uns nicht«, hatte er ein-, zweimal entschieden und furchtbar wiederholt, der Schwere seines Verlusts Tribut zollend. Eine mystische Vereinigung, Licht in Licht, Geist in Geist, mochte jenseits des Schleiers möglich sein, aber seine Hände mußten leer bleiben, mußten blind nach dem tasten, was nicht war.

Er erinnerte sich an einen Tag, den er und Arthur auf dem Rasen von Somersby plaudernd verbrachten – über das Wesen aller Dinge sprechend, über die Schöpfung, das Erschaffen, Liebe und Kunst, Verstand und Seele. Arthurs Hand hatte wenige Fingerbreit von seiner Hand zwischen den Gänseblümchen auf dem warmen Gras gelegen. Arthur hatte von Keats' sensualistischer Phantasie gesprochen, welche die Schönheit schuf und Keats zufolge Adams Traum vom Erschaffen der Frau aus seiner eigenen blutigen, herausgerissenen Rippe vergleichbar war – »er wachte auf und fand es wahr«. Und er, Alfred, hatte mit seinem inneren Auge nicht Miltons Adam gesehen, sondern Michelangelos Adam mit der schlaffen Hand, die Leben erhält durch die Kraft, die elektrische Kraft, die sich seiner Fingerspitze von der des wolkenumhüllten Gottes vermittelt. Arthur hatte gesagt, wie *kühn* dieser Gedanke sei, wie schockierend und wie wahr. »Gebt mir Empfindungen und nicht Gedanken!« hatte Arthur im Sonnenglanz Somersbys gesagt, und er hatte aus dem herrlichen Brief weiter vorgelesen:

»Ersteres ist ›ein Gesicht in Form der Jugend‹, ein Schattenbild der künftigen Wahrheit – und diese Überlegung hat mich, indem sie einem anderen meiner Lieblingsgedanken zu Hilfe kam, noch mehr davon überzeugt, daß wir dereinst genießen werden, was wir auf Erden Glückseligkeit nannten, doch dies in feinerem Tone wiederholt ...«

Arthur hatte von Dante und Beatrice gesprochen und von der sinnlich erfahrbaren Qualität, die der Himmel in der *Göttlichen Komödie* erhalten hatte – »gewiß sollten wir, Alfred, in den so unterschiedlichen Fällen Keats' und Dantes die Regungen irdischer Liebe als zarte Bilder – als schwaches Erahnen – als undeutliches Vorwegnehmen himmlischer Liebe sehen – meinst du nicht?«

Und er selbst hatte sich in seinem quietschenden Stuhl zurückgelehnt, hatte seine Hand dort liegenlassen, wo sie lag, hatte vom Paradies geträumt und Arthur geliebt und ein solches Glücksgefühl empfunden, ein so ungewohntes

Glücksgefühl für einen von Natur aus schwermütigen Tennyson, mit Haut und Fleisch und Knochen, daß er nichts tun konnte als lächeln und zustimmend brummen und in der Luft singende Wörter hören, die unbearbeitete Atome seiner künftigen Dichtungen waren.

Michelangelo hatte Männer geliebt. Er selbst hatte mehr als einmal im Scherz Arthur erzählt, daß er ihn so liebte, wie Shakespeare Ben Jonson geliebt hatte, »diesseits des Götzentums«, und beide hatten in Shakespeares Sonetten Zeile um Zeile entdeckt, die man dem anderen als Geschenk darbieten konnte, als Gnade, als Versicherung. Er wußte, welches unfruchtbare Feuer sie umschwirrten, ohne ihre Flügel zu versengen, ohne zu verkohlen, und er wußte auch, welch schrecklichem Mißverständnis das ganze Ausmaß seines Schmerzes und seiner Sehnsucht in den Arthur gewidmeten Gedichten ihn ausgesetzt hatte. Arthurs Vater war ihrer Liebe mißtrauisch begegnet und hatte nach Arthurs Tod und bevor Alfred es gewagt hatte, die Gedichte an Arthur zu veröffentlichen, verletzende Worte über Shakespeares Sonette geschrieben.

Es mag heutigentages wohl – besonders unter jungen Männern poetischen Gemütes – eine Neigung bestehen, die Schönheit dieser bemerkenswerten Dichtungen in übertriebenem Licht darzustellen ... Zuneigung zu einer Frau, welche weder sein Herz noch seinen Geist fühlbar getroffen zu haben scheint, wich, wenn auch nicht zur Gänze, der zu einem Freund; und letztere ist derart übersteigerter Natur und findet Ausdruck in so befremdlichen Wendungen des Autors, daß sie dem ganzen Werk einen Schleier des Unerklärlichen verleihen mußten. Freilich finden wir sowohl in Dichtung als auch in Prosawerken früherer Zeiten einen glühenderen Ton in der Sprache der Freundschaft, als es seither üblich war, doch gibt es dennoch kein zweites Beispiel solch ekstatischer Hingabe, solch ungemindert bewundernder Liebe, wie sie das erstaunlichste Wesen, welches die Natur jemals in Form menschlicher Gestalt hervorgebracht, in den meisten dieser Sonette einem unbekannten jungen Manne entgegenbringt, ja zu Füßen legt ... Ungeachtet der Schönheit dieses Sonetts, welche oft ins Auge fällt, wird das Vergnügen, es zu lesen, durch obige Umstände erklecklich gemildert, und es ist so gut wie unmöglich, nicht zu wünschen, daß Shakespeare es nie geschrieben hätte.

Henry Hallam hatte Alfreds Briefe an Arthur vernichtet. Alfred wußte sehr wohl, was Arthurs Vater fürchtete und argwöhnte, auch wenn er Arthurs Vater nie erlaubt hatte, seiner Miene oder seiner Stimme die leiseste Beunruhigung anzumerken, den leisesten Hinweis darauf, daß er um dessen Verdacht wußte. Schon früh hatte er gelernt, alles, was er fühlte, jede Wahrnehmung unangenehmer Natur an sich oder an anderen mit dem undurchdringlichen Nebel der Unverbindlichkeit zuzudecken. Acht Jahre lang hatte er seiner geliebten Emily schwarze, unverbindliche Tinte entgegengespritzt wie ein aufgescheuchter Tintenfisch. Er hatte nicht einmal mit der leisesten Andeutung von Verärgerung auf die persönliche Botschaft reagiert, die er aus Henry Hallams herrischer Abfertigung des Sonetts herauslas, selbst wenn er andernorts wiederholt betonte, wie nobel die Sonette seien. Und heute schützten ihn sowohl die geistesabwesende Unverbindlichkeit des großen Dichters als auch die undurchdringlich dichte Ehrbarkeit seiner Epoche, die er als mustergültiger Bürger zu verkörpern begonnen hatte. In jüngeren Jahren hatte er gelitten, wenn Kritiker sich über unbedachte Wendungen bei ihm lustig gemacht hatten, über seine Beschreibung des »geliebten Zimmerchens ... mit deinen weichen, weißen Ruhebetten«. Als die Arthur gewidmeten Gedichte zum erstenmal erschienen waren, anonym, wie sie es in gewisser Hinsicht heute noch waren, da er nie zugelassen hatte, daß sein Name auf der Titelseite stand, hatte ein

Kritiker geschrieben, er habe »viel seichte Kunst« auf »einen Amaryl des Advokatenstandes am Kanzleigericht« verwendet. Der scharfe Schmerz der Wunde, die ihm dieser flott dahingeschriebene Satz geschlagen hatte, war heute fast lebendiger als die Erinnerung an die Berührung durch Arthurs Hand. So erfolgreich er war, niemals hatte er seine schreckhafte Verzagtheit angesichts unfreundlicher Kritik überwunden. Ein anderer Kritiker hatte ihn für eine Frau gehalten. »Diese ergreifenden Zeilen entstammen zweifellos dem übervollen Herzen der Witwe eines Militärs.« Gewiß, gewiß hatte er selbst sich oft genug Arthurs Witwe geheißen, doch das bezog sich auf den Verlust, den seine Seele, seine *anima*, im spirituellen Sinn erlitten hatte. Er war davon überzeugt, daß alle großen Geister der Menschheit in gewisser Hinsicht beide Geschlechter in sich vereinten. Christus, der Sohn Gottes, in Arthurs »Theodicaea Novissima« Gegenstand der göttlichen Liebe und der göttlichen Liebessehnsucht des Schöpfers, war sowohl männlich als auch weiblich, indem er menschgewordener Gott war, Weisheit und Gerechtigkeit, welche Eigenschaften männlicher Natur waren, und gleichzeitig Barmherzigkeit und Erbarmen, weibliche Eigenschaften. Er und Arthur, so dachte er es sich, besaßen beide weibliche Aspekte – denn »Mitleid ist des sanften Herzens Mitgift« –, welche ihre dichterische Empfindsamkeit, ihre männliche Kraft nur steigerten. Doch es gab auch Dinge, die er verabscheute. Dinge, die Arthur verabscheute. Dinge, die – davon war er überzeugt – den Diagnostiker der Amaryllis vom Kanzleigericht insgeheim anzogen. Männer sollten androgyn sein und Frauen gynandrisch, hatte er treffend formuliert, *aber* Männer nicht gynandrisch noch Frauen androgyn.

Er hatte ein Epigramm »Auf einen, der weibische Sitten zur Schau trug« geschrieben:

> Solange Mann und Frau noch nicht vollkommen sind,
> Die Seele preise ich, die sie in sich vereint,

Muster all dessen, was in der Natur Plan sei,
Doch weibisch oder Mannweib sein bleibt zweierlei.

Nicht übel, fand er, gewandt ausgedrückt. Epigramme waren wie Bonbons, die man plötzlich im Mund hatte, rund und glatt und süß. Er wußte sehr wohl, daß man ihn für einen harmlosen Alten hielt. Man ging auf seine Launen ein, beschützte ihn. Aber er wußte mehr, als er sagte, was eine Überlebenstaktik in prüden Zeiten wie diesen war, und er war Kind einer letztlich weniger unschuldigen Zeit. Er und Arthur wußten beide um die Neigungen – mehr als nur Neigungen – des eleganten Richard Monckton Milnes, ihres Mitstudenten in Cambridge, dessen Interesse an schönen Knaben in seinen Gesprächen und denen anderer immer wieder durchbrach. Durch Arthur hatte er auch von den fleischlichen Begierden erfahren, die William Gladstone dazu trieben, nachts auf der Suche nach Frauen *jenen Schlags* umherzustreifen und danach Folterqualen der Reue auszustehen. Einen sinnlichen Mann hatte Arthur Gladstone genannt, der in Eton den strahlenden Arthur geliebt hatte, so wie Alfred ihn in Cambridge geliebt hatte. Arthur war keine sinnliche Natur. Seine Liebe war von einem romantischen Schein umgeben. In den Gedichten für Arthur hatte er geschrieben

Nur flüchtig er die Lieb' gekannt,
Die Quelle unberührt er ließ,

und ihm wollte scheinen, daß dies sehr wohl zutraf, denn er war davon überzeugt, daß er es hätte wissen müssen, wenn Arthur jemals, um es so auszudrücken, die Schwelle zwischen Phantasie und fleischlicher Realität überschritten hätte.

Er selbst, überlegte er, war keine leidenschaftliche Natur, seine Sinnlichkeit verteilte sich auf die ganze Schöpfung, ging in erblühenden Knospen und dem Meeresrauschen auf. Der Liebesakt war ihm stets ... Er manövrierte den Knopf ins

Knopfloch hinein und wieder hinaus, fand einen anderen Knopf, der immer noch nicht der richtige war, so daß das Nachthemd eine Beule aufwies –, aber das war ohnehin längst Vergangenheit, Emily war seit langem gebrechlich, warum sich jetzt über dergleichen den Kopf zerbrechen. Er fand, daß er seiner Aufgabe alles in allem gerecht geworden war. Er hatte ein unbestimmtes Gefühl von Zuneigung und behaglicher Ruhe empfunden, was, wie er argwöhnte, möglicherweise weniger war als das, was andere fühlten, aber er fand es nicht unangenehm, nicht unpassend. Gewiß, davon war er überzeugt, war es nach Emilys Geschmack. Wenn er ehrlich war, lag in dem Abstand zwischen seinem Finger und Arthurs Finger mehr Erregung, mehr von dem, was eine Seele sich der anderen offenbaren ließ, von Symmetrie und Sympathie zweier Geister, von der Erkenntnis, die beide teilten, daß sie einander in gewisser Weise *schon immer gekannt*, daß sie nichts voneinander erfahren mußten, wie es bei Fremden der Fall ist. Doch das machte sie keineswegs zu Männern vom Schlage eines Milnes. Sie waren wie David und Jonathan, deren Liebe zueinander etwas Besonderes war, mehr, als die Liebe zu Frauen sein konnte. Und dennoch war David der größte Frauenliebhaber in der Bibel, er hatte den Urias in den Tod geschickt, weil er Bathseba begehrte, er war männlicher als jeder andere Heros. Arthurs kühle Vollkommenheit, seine selbstgenügsame Unnahbarkeit zog bewegtere, verstörtere Seelen an. Alfred wußte, daß William Gladstone in gewisser Weise noch heute Neid auf seine, Alfreds, vollkommene Verbindung zum Gegenstand ihrer beider Verehrung verspürte. Beiden war die Gesellschaft des anderen unangenehm, obwohl ihr großer Verlust ebenso wie der Umstand, daß sie zwei der herausragendsten Persönlichkeiten ihrer Zeit waren, bewirkte, daß sie sich zueinander hingezogen fühlten. Gladstone war einem David vergleichbar. Arthur aber hatte Alfred geliebt. Er erinnerte sich daran, wie Arthur ihm den Entwurf eines Briefs an Milnes gezeigt hatte, welcher in seiner emotionalen Art Arthur die extravagante Bitte um seine ausschließliche Freundschaft vorgetragen hatte. Es mußte etwa 1831 gewesen sein. Damals hatte der arme Arthur nur mehr zwei Jahre zu leben. Er hielt Alfred seinen Brief hin und sagte: »Ich weiß nicht, ob es recht ist, eines Mannes Brief einem andern zu zeigen. Aber ich möchte, daß du dies hier siehst, Ally, ich möchte, daß du liest, was ich Milnes ganz offen geschrieben habe. Sag nichts dazu, sag nichts, es wäre nicht recht. Lies nur, was ich geschrieben habe, und dann will ich es versiegeln und abschicken, zu welchem Ziel auch immer. Ich hoffe, meine Offenheit wird dir nicht als unpassend erscheinen.«

Ich wüßte nicht, mein lieber Milnes, daß wir in jenem erhabenen Sinn, welchen Sie mit dem Wort Freundschaft zu verbinden pflegen, je Freunde gewesen wären noch sein könnten. Mehr noch, es kam mir nie in den Sinn, daß wir es sein könnten, und es war nie meine Absicht, Ihnen solches in den Sinn kommen zu lassen. Übersteigertes Freundschaftsempfinden lächerlich zu finden, liegt mir fern – weiß Gott –, und ich halte es keineswegs für nichts als ein Ideal: Ich habe es selbst gekannt, und da ich dies schreibe, lebt es in meinem Inneren – doch nicht – verzeihen Sie mir, lieber Milnes, die offenen Worte – nicht für Sie. Die Abstufungen der Sympathie sind jedoch vielfältigster Art, und elend wäre in der Tat jener zu nennen, dessen Sonnenschein ihn nur vom wolkenlosen Sommerhimmel tropischer Breiten erreichte.

Ihre Blicke waren einander begegnet. »Verstehst du, Alfred?« hatte Arthur gesagt, »verstehst du?« Er hatte verstanden. In den Gedichten hatte er mit Vorbedacht geschrieben

Dich, Geist, liebt' ich so sehr, daß nicht
Die Seele Shakespeares mehr es könnt'.

Er war davon überzeugt, daß dies wahr war.

Er setzte sich auf die Bettkante und machte sich wieder mit den schief geknöpften Knöpfen zu schaffen. Seine Beine waren vor Kälte mit einer Gänsehaut bedeckt; er zitterte in seinem Nachthemd. Er war sich des eigenen Körpers mit dem entsetzten Mitleid bewußt, das er für einen stumpfsinnigen Ochsen empfinden mochte, dem das Schlachtbeil drohte, für ein schwerfälliges, schlauäugiges Mastschwein, dessen breite Kehle mitten im Grunzen und Quieken durchschnitten werden würde. Als er noch jünger war, als Arthurs Tod sich gestern erst ereignet zu haben schien, hatte er das Unnatürliche dieses Verschwindens mit jeder seiner lebendigen Nervenfasern empfunden. Nun, da er ein alter Mann war, erkannte er, daß der junge Mann, der er gewesen war, sich in seiner mittäglichen Kraft, dem festen Händedruck, dem Schritt, dem Ein- und Ausatmen ewigwährend gewähnt hatte, während all dies ihm nun Schwierigkeiten bereitete. Er näherte sich der Auflösung, mochte sie noch so zeitlich begrenzt sein, wie er hoffte, Schritt für Schritt, und mit jedem neuen Schritt sah er sein armes Fleisch wie eine fremde Kreatur, für die er verantwortlich war. Und mit jedem neuen Schritt wuchs die schreckliche Angst davor, wie eine bloße Kreatur schlicht ausgelöscht zu werden. In ihrer Jugend hatten sie im Gottesdienst gesungen, daß sie an die Auferstehung im Fleisch und an das ewige Leben glaubten. Er konnte sich vorstellen, daß es einmal eine Zeit gegeben hatte, da die ganze Kirche triumphierend und ohne zu zweifeln an die Wiederbelebung von Staubpartikeln geglaubt hatte, an das Zusammenfügen von Knochensplittern und Haarschuppen beim Schall der Trompete des Jüngsten Gerichts, doch das war vorbei, die Menschen hatten Angst. Als jungen Mann hatte ihn eines Tages in London bei der unvermittelten Erkenntnis, daß all die Bewohner dieser Stadt hundert Jahre später horizontal daliegen würden, beinahe eine Ohnmacht überkommen. Heute sahen alle, was er sah, daß Totes in der

Erde stak und sie bedeckte, abgebrochene bunte Federn so gut wie vertrocknete Motten, in die Länge gezogene Würmer, gekaut und zerstückelt und verschlungen, stinkende Schwärme einst glitzernder Fische, vertrocknete Papageien und Tigerfelle, die schlapp und glasigen Auges vor dem Kamin die Zähne bleckten, Gebirge von Menschenschädeln, vermischt mit Schädeln von Affen und mit Schnecken und Eselskiefern und Schmetterlingsflügeln, zu Humus und Staub zerstampft, gefressen, hervorgewürgt, vom Wind verstreut, vom Regen durchnäßt, aufgeweicht. Man sah das eine, die Natur, an Zahn und Klaue rot, den Staub, die Asche, und glaubte etwas anderes oder behauptete, es zu glauben, oder versuchte es zu glauben. Denn wenn man nicht glaubte, worin bestand dann der Sinn all dessen, der Sinn des Lebens, der Liebe, der Tugend? Seine geliebte Emily entsetzte sich davor, daß er solchen Zweifeln nachgab. Er hatte sein entzükkendes Kompliment für sie in Arthurs Gedichten untergebracht.

Du sagst, ohn' jeden Vorwurf doch –
Um Fliegen, die ertrinken, weint
Dein weiches Herz, dein blaues Aug –,
Des Teufels sei die Zweifelsucht.

Und wiederum hatte er Arthurs Ringen mit dem Zweifel gepriesen:

Unsichren Glaubens, reiner Tat,
War er sich treu bis ganz zuletzt.
Ehrlicher Zweifel Glauben mehr
Verrät als jeder feste Glaub'.

Er selbst jedoch betrachtete die ertrinkenden Fliegen mit größter Herzenspein. Sie lebten, sie kämpften und wehrten sich, und dann waren sie tot. Sie waren Körper voller Leben, sie umrundeten den Rand der Wasserkanne, sie summten, und dann waren sie nicht mehr. Und Arthur, so voller Leben? Hätte er von Arthurs Tod, vom Tod seines Körpers, zu der Zeit wissen können, als er den lebenden Arthur kannte, dann hätte er ihn nicht lieben können, sie hätten einander nicht lieben können. Das hatte er herausgefunden – nicht durch Nachdenken, sondern indem er es niederschrieb. Er war nicht klug, wie Arthur es war. Er hätte keine These formulieren können, selbst wenn es um sein Leben gegangen wäre, er hätte keine Theorie aufstellen, keine Position verfechten können. Er war ein schweigsames Mitglied der Apostel gewesen, er hatte sozusagen zum Mobiliar gehört und stille, spitzbübische Scherze gemacht, er hatte Verse vorgetragen und Huldigungen für seine große Gabe entgegengenommen, welche Begabung nur teilweise zu ihm zu gehören schien, wer immer er sein mochte. Aber er hatte über Liebe und Tod, diese erbarmungslosen Abstraktionen, nachgedacht und jene scheinbar unschuldige Form für Arthurs Gedichte gefunden, eine Form, die so schnörkellos scheinen mußte, als handele es sich um schlichte Lieder oder Gesänge der Trauer, obwohl sie ermöglichte, einen Gedanken durchzuexerzieren, alle denkbaren Wendungen nachzuvollziehen, die Ideen und Gefühle nehmen konnten, Unterbrechungen und Neuanfänge, Reime, die ineinandergriffen und zugleich ruhig und unerbittlich weiterschritten, von der abstrakten Verkörperung der Liebe zu rein animalischer Sinnlichkeit hin, ohne weniger betörend zu klingen.

Spräch' eine Stimme, der wir traun,
Leise aus jenem engen Haus:
»Das Fleisch fällt ein, der Körper sinkt,
Es stirbt der Mensch, zu Staub er wird«,

Sagt' ich zu Recht nicht: »Hier sogar
Will ich, o Liebe, mich bemühn

Um Leben, sei es noch so kurz«?
Doch nicht verschlösse ich mein Ohr

Des Meeres einsam Klageton,
Den Strömen, langsam oder schnell,
Hügel Äoliens netzend leis,
Säend künftger Erdteile Staub;

Seufzend die Liebe spräch' sodann:
»Das Rauschen des Vergessens macht,
Daß wandelt sich, was süß an mir,
Im Wissen, daß ich sterben muß.«

Welchen Gewinn versprech' ich mir
Aus müßgen Fragen? Sähe man
Den Tod als Tod, es gäbe nicht
Die Liebe oder gäb' sie nur

Als Zeitvertreib den Mürrischen,
Als grobe Satyrn-Sinnenlust,
Zerreißend feineres Gespinst,
Dröhnenden Schritts in Wald und Flur.

Seit er so berühmt geworden war, hatte er es sich zur Gewohnheit gemacht, unbeholfene Aussprüche zum besten zu geben, besonders wenn er dem Portwein zu stark zugesprochen hatte. Indem er beobachtete, wie seine Freunde, seine Besucher und sein ergebener Sohn Notizbücher und Stifte hervorholten, pflegte er Dinge zu sagen wie: »Die Materie ist unergründlicher als der Geist. Was Geist außerhalb Gottes und des Menschen sein soll, habe ich mir nie vorstellen können. Geist scheint mir allen Lebens Wirklichkeit zu sein.« Wenn er versuchte, solche Orakelsprüche weiter auszuführen, geriet er für gewöhnlich auf äußerst dünnes Eis und versuchte sich aus der Affäre zu ziehen, indem er erklärte, er sei kein Theologe – mit, wie er hoffte, liebenswerter und verschrobener Unbekümmertheit. Geist, das war ein schlüpfriges Wort und eine schlüpfrige Sache. Besser gefiel ihm das Wort in seiner guten alten Bedeutung vom Geist im Menschen, dem Geist, der einst ein Mensch war, dem Heiligen Geist und jener Geister, über die er in seinem Aufsatz für die Apostel geschrieben hatte. Er nickte weise, wenn seine Freunde den krassen Materialismus ihrer Zeit kritisierten, doch seine Phantasie wurde durch die Vorstellung von Materie beflügelt, durch die unüberwindliche Realität weitgehend redundanter Menschen von Fleisch und Erde und Vegetation, die vom Geist beseelt waren oder auch nicht. »Die verschwenderische Fülle der Natur entsetzt mich«, hatte er geschrieben, »vom Wachstum in den Tropenwäldern bis hin zur Vermehrungsfähigkeit des Menschen, den Kinderströmen.« Wenn der Mensch nicht vom Denken der Engel beseelt war, dann waren seine eigenen Gedanken nichts als elektrische Funken, abgesondert von einer bleichen, lehmig-schleimigen Masse wurmgleichen Fleisches.

Vergebens sprach ich nicht – hoff' ich:
Mehr sind wir als nur bloßes Hirn,
Magnetisch Tand; vergebens nicht
Rang ich wie Paulus mit dem Tod;

Dem Lehm die Schläue nicht allein gebiet' …

Er wußte gut genug, was es bedeutete, sich im eigenen Körper zu wissen. Sei bei mir, bat er den toten Freund, wenn es dem Ende zugeht, wenn das Blut gefriert und die Nerven prickeln. Er wußte, was man mit Wörtern wie »gefrieren« und »prickeln« anfangen konnte, er wußte, wie man das Grauen der Nachtmahrwelt gegenständlich machen konnte, wo

... Schwärme von runzligen Gesichtern ...
Finstere Massen, halb lebendig,
Und träge Körper treiben hin;

Herrlich kompakte Wörter, runzlig, Massen, träge. Wie wund und mürrisch und dröhnend. Erschreckend und verlockend. Die andere Welt hingegen, die des Geistes, des Lichts, verweigerte sich der Sprache und war eher flüchtig als ätherisch. »Was du säest, wird nicht lebendig, es sterbe denn«, hatte Paulus gerufen, Paulus, der über die Masse der Nerven und den in ihren allzu irdischen Netzen gefangenen Geist gut Bescheid gewußt hatte. Paulus hatte von dem Mann geschrieben, der bis an den dritten Himmel entrückt ward – »ist er in dem Leibe gewesen, so weiß ich's nicht; oder ist er außer dem Leibe gewesen, so weiß ich's auch nicht«. Er selbst konnte aus sich in eine Art wachen Trancezustands entschlüpfen, mit Hilfe einer merkwürdigen Methode, die im unentwegten Wiederholen zweier Wörter bestand, des eigenen Namens, bis die ungeteilte Konzentration auf das isolierte Selbst paradoxerweise die Grenzen dieses Selbst, dieses Bewußtseins aufzuheben schien, so daß er alles wurde, Gott wurde, nicht etwa im Zustand der Verwirrtheit, sondern in größter Klarheit, in größter Gewißheit, größter Unheimlichkeit, über alle Wörter hinaus, dort, wo der Tod eine fast lächerliche Unmöglichkeit war, da der Verlust der eigenen Persönlichkeit (wenn es das war) nicht als Erlöschen erschien, sondern als einzig wahres Leben. Er hatte den Verlust des Bewußtseins in vielerlei Form erfahren, hatte in seiner Jugend das Familienerbe der Epilepsie gefürchtet, war in Nebeln gewandelt wie der Held seiner eigenen *Princess* oder die kämpfenden Heere in *Le Morte d'Arthur*, doch anders war es, sich zu verlieren, indem man den eigenen Namen aufsagte. Er hatte versucht, in Arthurs Gedichten davon zu schreiben, in der Hoffnung, wie Dante in den ersten Zeilen des *Paradiso* zu jenen zu sprechen, die sich vorstellen konnten, was es hieß, aus sich selbst herauszutreten.

Trasumanar significar per verba
Non si porìa: però l'esiempio basti
A cui esperienza grazia serba.

Die transzendentalen Stellen der Arthur gewidmeten Gedichte erfüllten ihn mit leiser Unzufriedenheit, die sich auf einer simplen Ebene als Unzufriedenheit des Handwerks erklären ließ – die Stellen verschafften ihm nicht das Gefühl der Vollkommenheit, den sinnlichen Genuß, wie es die unheimlichen Passagen bewirkten oder die ganz anschaulich abgebildeten Bäume und Vögel und Gärten und Strände, die wie Visionen auftauchten und entschwanden. Seinen Versuch, die »wache Trance« zu schildern, hatte er wieder und wieder umgeschrieben.

Und Wort um Wort und Zeil' um Zeil'
Der Tote mich von fern berührt',
Und plötzlich war's, als ob zuletzt
Die lebend' Seele sich enthüllt,

Aufnehmend meine, wirbelnd sie
Am Firmament gedankenvoll,
Bis wir erreichten das, was ist,
Den tiefen Pulsschlag unsrer Welt,

Äonenklänge, die den Takt
Der Zeit, des Zufalls messen auch,
Des Todes. Und zuletzt die Trance
Wich von mir. Zweifel faßte Fuß.

O dürre Worte! Schwer es fällt,
In erdgebundner Sprache sich zu nahn,
Gar nur durch des Verstandes Kraft
Zu ahnen, was mir widerfuhr:

Bis wir im Dämmer abermals
Die Hügel sahen mit weißen Kühen,
Dort, wo die Bäume breiteten
Die dunklen Arme übers Feld:

Es hatte ihm beträchtliche Schwierigkeiten bereitet, die zwei Zeilen über die ineinander aufgehenden Seelen zu formulieren. Als er das Gedicht zuerst der Öffentlichkeit übergab, hatten sie anders gelautet.

Der Tote mich von fern berührt',
Und plötzlich war's, als ob zuletzt
Mir seine Seele sich enthüllt
...

Das hatte er verändert. Er hatte den Eindruck gehabt, die erste Fassung könne einen falschen Eindruck schaffen. Er war davon überzeugt, daß seine Trance tatsächlich seine Seele Teil einer allgemeinen Seele werden ließ, an der Arthur vielleicht ebenso teilhatte wie er. Sie hatten sich oft darüber unterhalten, warum Dantes *Inferno* soviel faszinierender war als das *Paradiso*, und sie waren übereingekommen, daß dies mit der unvermeidlich sinnlichen Natur der Sprache zu tun hatte, der Sinnlichkeit der Wörter, die Atem und Zunge und Zähne waren und die Bewegungen dieses warmen Schreibers Hand auf dem weißen Papier, wo er eine schwarze Spur hinterließ. Er *wünschte* sich Arthur wie die Beatrice in Dantes *Paradies* und stellte sich einen Arthur vor, der sagte:

»Schwer mag's für dich zu fassen sein:
Ewige Seligkeit ist mein,
Des Paradieses Heiterkeit.«

Und unversehens begann das Gedicht, vorsichtige Einschränkungen zu machen.

So halt' mit Toten ich Verkehr,
So sprächen sie, will's scheinen mir,
So könnt' Symbole sehn das Leid,
So Gram in Wünschen finden Trost.

Doch nicht Beatrice, sondern die schuldigen Liebenden Paolo und Francesca, deren ineinander verschlungene Seelen in der glühenden Höllenflamme, hatten in Generationen von Lesern Dantes so großes Mitleid, so wohliges Erschauern geweckt.

Das eigentliche Leben seines Gedichts waren Dinge wie die weißen Kühe und die Felder, über die Bäume dunkle Arme breiteten. Stolz war er auf die Wendung von der »erdgebundnen Sprache« – sie sagte alles, was er über den störrischen Stoff der Sprache sagen wollte, über sein Gedicht, Arthurs Gedichte. Das Wort *Erde* machte nachdenklich, es ließ an den Leichnam des Toten denken, an den Lehm, an Dinge, die verwesten. Kunst, Verfall, beides war enthalten. »Dem Lehm die Schläue nicht allein gebiet'«, hatte er geschrieben, als er an den magnetischen Impulsen des Gehirns aus Fleisch und Blut zweifelte, obgleich er anderswo der Idee dessen, »was ist«, die Hand eines Töpfers hinzugefügt hatte:

Und wußte wieder, was ich bin,
Was ist, mag niemand mich verstehn;
Und aus dem Dunkel kam die Hand,
Die uns durch die Natur geformt.

Menschen formend. Gott, der den Lehm belebt, Gott oder was auch immer, der alles wieder zerstört.

Das Auge, welches Schuld erblickt
Wie Güte, das zu sehn vermag
Den morschen Baum im grünen Saft,
Den Sturz des Turms bei seinem Bau –

Das waren herrliche Zeilen, dachte er, das Entsetzen des Auges, welches zu gleicher Zeit den Moder sah, aus dem der grüne Baum gewachsen war, und den Baum, der den Samen des eigenen Vermoderns in sich trug; in knappen Worten hatte er das Grauen von Sterblichkeit und sinnlosem Weiterbestehen gefaßt. »Stumm alle Lieder werden vor / Dem Modern eines Eibenbaums ... Welcher umfängt die Köpfe traumlos zart, / Legt seine Wurzeln um die Knochen.« Besonders eindrückliche Bilder waren ihm gelungen, indem er seine poetischen Klagen als etwas so Natürliches wie Vogelgesang schilderte, Triller, die gefiederten Kehlen entstiegen, »die Schwalbenflüge des Gesangs, / Flügelspitzen tränenbenetzt«. »Ich singe, weil ich singen muß, / Und pfeife, wie der Hänfling singt.« Vom Gesang der Geschöpfe war es nur einen Schritt zur Verzweiflung des Säuglings, der zur Nachtzeit weint, »des Sprache nur das Weinen ist«.

Er versuchte sich noch einmal an den Knöpfen, schob seinen Bart beiseite, dessen Haare sich in den ungeschickten Fingern verfangen und um den weißen beinernen Knopf geschlungen hatten. Nichts als der Atem ist der Geist. Es war lange her, daß er sich gedrängt gefühlt hatte, all das in Gedanken zu durchleben, alte Kämpfe zu führen, alte Qualen zu verspüren. O Trauer spät, auch Trauer stirbt. Der Trauer erging es wie ihm, sie wurde steif und begann zu ächzen, reagierte langsamer auf Stimuli; Arthur hatte sich so weit entfernt, und er und seine Trauer gingen Arthur entgegen oder der Auflösung entgegen, *pari passu*, weniger gewandt als einst, verdrießlicher, wenn man sie rief. Doch das war nicht die ganze Wahrheit; die Wahrheit war, daß er und Arthur in seinem Gedicht aufgegangen waren, Bestandteil des Gedichts geworden waren, dieser erdgebundnen Halbexistenz, wie er manchmal dachte, die kein wirklich eigenes Leben führte, aber auch nicht Teil von ihnen war, nicht einem Handschlag vergleichbar, sondern ein Schmarotzer wie Misteln mit ihren milchigen Beeren und geheimnisvollen immergrünen Blättern in sterbenden Eichen. Sein Gedicht hatte ihm Sorgen bereitet und ihm boshafte Gedanken eingeflößt. Vielleicht benutzte er es, um eine Erinnerung und eine Liebe am Leben zu erhalten, die ruhen zu lassen gesünder und mutiger gewesen wäre. Vielleicht benutzte er den Geliebten, *mißbrauchte* ihn, um den eigenen Gewinn, den eigenen Ruhm zu fördern, oder – raffinierter noch – um aus dem Entsetzen ob Arthurs Zerfall etwas merkwürdig Schönes entstehen zu lassen, obwohl es vernünftiger und ehrlicher gewesen wäre, diesem Zerfall mit stummem, ungeheuchelt verständnislosem Schmerz zu begegnen, bis das grelle Brennen dieses Schmerzes entweder erstarb wie Feuer ohne Nahrung oder bewirkte, daß man die Augen niederschlug. Es ging nicht an, einen Menschen in ein Gedicht zu verwandeln, weder Sänger noch Gesungenes, weder die schwellende Kehle noch den reglosen Leichnam.

Und dennoch, dennoch, dennoch – wenn er eines wußte, dann daß sein Gedicht schön war, lebendig und wahr wie ein Engel. War die Luft von den Geisterstimmen seiner Ahnen erfüllt, so lieh sein Gedicht ihnen wieder eine Stimme, Dante und Theokrit, Milton und dem toten Keats, ihnen, deren Sprache ihr künftiges Leben war. Er sah sein Gedicht als rotierenden runden Käfig, in dem er wie ein Vogel gefangen war, als globusgleichen Käfig, eingefaßt von den hellen Linien der Horizonte von Morgen- und Abenddämmerung. Er sah es als eine Welt, als eine Erdkugel, die sich schwerfällig im Raum drehte, bestückt mit allem, was es gab, mit Bergen und mit Staub, mit Gezeiten und Bäumen, Fliegen und Maden und schleimüberzogenen Drachen, Schwalben und Lerchen und Brieftauben, rabenschimmernder Dunkelheit und Sommerluft, mit Männern und Kühen und Säuglingen und Veilchen, und alles verbanden Fäden lebendiger Sprache wie starke seidene Taue oder Lichtstrahlen. Die Welt war scheußlicher Klumpen, und sein Gedicht war dessen strahlendes Abbild. Die Welt barst und schlitterte und schwoll zu Formlosigkeit an, die sein Gedicht formal vollendet wiedergab.

Mein eignes Leben mich lehren sollt',
Daß alles Leben ewig währt,
Sonst wär' die Erde Finsternis,
Nur Staub und Asche gäb's auf ihr;

Dies Grün und dieser Feuerschein,
Merkwürdig schön, der Schönheit gleich,
Wie sie ersinnt der Dichter, der
Ohn' Ziel und ohn' Gewissen wirkt.

Was meinesgleichen wär da Gott?
Was sollt' mir wert sein, daß ich's wählt'
Aus Sterblichem, was sollt' Geduld
Ich üben bis zum eignen Tod?

Das beste wär's zu sinken hin
Wie Vögel, die die Schlange packt,
Zu überlassen sich dem Sog
Der Leere und der Dunkelheit.

Über die Maßen fürchtete er die Gefahr, der Kunst zuviel Gewicht beizumessen. Kunst war das, was ihm leichtfiel, geradezu überwältigend leicht; wohlbekannt war ihm die Versuchung, ohn' Ziel und ohn' Gewissen sich der Inspiration zu überlassen, wie die Nachtigall zu singen. Mit apostolischer Ernsthaftigkeit und mit freundlichem Spott zugleich hatte sein Freund Trench in Cambridge ihn ermahnt: »Tennyson, in der Kunst kann man nicht leben!« Für Trench und für Hallam hatte er *The Palace of Art* geschrieben; darin beschrieb er seine Seele, der er ein königliches Lusthaus errichtet hatte, einen hohen Turm auf einer hohen Felsklippe, wo sie stolz thronen konnte,

Voll Glück, zu leben wissend sich,
Herrschend über die Erd' und über die Natur,
Über der Sinne fünf herrschend,
[...]
Nicht einem Glauben hängend an, Gott darin gleich,
Jedwedem Glauben zugetan.

Doch die von ihm ersonnene Seele stürzte von ihrem Turm in eine Welt des Nachtmahrs, und inbrünstig hatte er Trench versichert: »Gott gleich zu sein ist des Menschen Geschick« und hatte ihm seine Allegorie mitsamt einem Widmungsgedicht übersandt, in dem es hieß:

Doch wer der Liebe sich verschließt, dem wird
Sie sich verschließen, und vor ihrer Tür
Wird heulen er im Finstern. Dies ist's nicht,
Wozu der Lehm der Erd' entnommen ward,
Von Gott geformt, mit Engelstränen dann
Geläutert, bis der Mensch entstanden war.

Da war wieder der Lehm und das Formen. In der Jugend schrieb man unbekümmert etwas hin, und im Alter begann man zu erkennen, wie schwierig all das war. Als Knaben hatte ihn ein Buch seines Vaters beeindruckt, das davon handelte, welches Mitleid Gabriel und die anderen Engel empfunden hatten, als die Erde sich grämte, man könne sie einer Mitschuld am Vergehen der Menschen bezichtigen. In vierzig Tagen hatten die Engel den Lehm zu menschlicher Gestalt geknetet. Dies war einer der Ursprünge seines Interesses an Form und Formen, wenn auch nicht der einzige. Er hatte seinen Vater studiert, der grimmig, trompetenzüngig und nicht immer ganz nüchtern Beerdigungen in Bag Enderby und Somersby dirigierte. Der Lehm der frisch ausgehobenen Gräber, regennaß, vom Spaten des Totengräbers durchschnitten (die Engelstränen waren seine eigene Zutat). Und nun Darwin, der das Leben des Erdenwurms ausgrub und Moder und Humus allüberall verteilte. Erde, Erdgebundenes, Menschheit. Doch ebenso Grünes, Feuerschein, auch das gab es. Arthur hatte die Nachtigall in seinem Gedicht über *Tausendundeine Nacht* geliebt, deren Gesang »an keinem Ort und fern der Zeit« ertönte. Und in dem Arthur gewidmeten Gedicht hatte die Nachtigall ihre Stimme erheben dürfen – nicht nur im Gegensatz zu den Vögeln, die die Schlange packte, sondern auch zum unschuldigen »Ich pfeife, wie der Hänfling singt«, der Vorstellung von Sprache und Gesang als eines traurigen, schmerzstillenden Narkotikums.

Die Nachtigall war die heimliche Stimme jener Kunst, in der man Trench zufolge nicht leben konnte. Nun, als alter Mann, war er wieder etwas mehr versucht, in ihr zu leben, so wie er als Kind in *Tausendundeine Nacht* gelebt hatte. Bisweilen erschienen ihm seine geliebte Emily und der treue Hallam und die Tausende Bewunderer und Speichellecker und jener, die ihn *anbettelten*, wie Schatten, die einen Hügel hinabeilten, und er vernahm die Stimmen des Unsichtbaren als die der einzigen Wirklichkeit.

Vogel, der du mit süßem Schall
Den Garten Eden hell durchdringst,
Sag mir, wo Sinne werden eins,
Wo Leidenschaften mischen sich,

Wo sie entstehn: Denn Gegensätzliches
Beseelt im dunklen Laubwerk dich,
So daß im tiefsten Herzeleid
Dein Fühlen Freude bergen kann:

Ich – dessen Harfe Weh besingt –
Bin Meister nicht der Saiten all;
Der Ruhm der Summe jeden Dings
Erklinget leis und schwindet dann.

»Der Ruhm der Summe jeden Dings« war ein guter Satz. Er hatte Arthur rhetorisch – in *shakespearescher* Manier – geschrieben, daß er »vom Tode wisse«, mache doch dessen Finsternis »schön in dir«. Er aber hatte seinem Gedicht durch Arthurs Tod Schönheit verliehen, und er befürchtete, daß diese Schönheit etwas nicht Menschliches war, etwas Animalisches und zugleich Abstraktes, erdgebunden und schemenhaft.

Ein langer Gedanke kann in seinen gewohnten Bahnen in Sekundenschnelle vorbeiziehen, so als seien die Bilder und Verbindungen und schmerzenden Erinnerungen und Eindrücke, aus denen er besteht, dicht zusammengeballt, nicht locker verknüpft wie ein Halsband, und würden in den Tunneln des Gehirns mit einemmal schnell entrollt. Es war ihm noch immer nicht gelungen, den Knopf in das richtige Knopfloch zu bugsieren, und er gab den Versuch auf und trat mit der Kerze an den Spiegel, obwohl er wußte, daß die Spiegelbilder von Knopflöchern mindestens so verwirrend sein konnten wie das Herumtasten. Vor der dunklen Glasfläche blähte die Kerzenflamme sich und flackerte weiß und schmutziggelb im Luftzug, der unversehens auftrat, und er sah dunklen Rauch über seine Schulter davonziehen. Er stellte den Kerzenhalter auf den Toilettentisch und sah sich selbst als bärtigen Dämon, dessen Augen unter buschigen Brauen glitzerten, dessen gelbe Zähne zwischen Haarsträhnen gefletscht waren. Er sah, wie sein Schädel das weiche Fleisch und die gedehnte, runzlige Haut darüber formte. Er sah die großen knöchernen Höhlungen, in denen seine Augen wie dunkel spiegelnde Brillanten lagen – nasser Gallert, sagte er sich, und er verspürte Mitleid mit den spärlicher werdenden Wimpern und betrachtete eingehend seine Nasenlöcher. Er sah, wie der unsichtbare Atem aus seinem Mund in Wölkchen entwich, die Kerzenflamme aufflackern ließ und Schlieren in ihren Rauch schrieb. Das spärliche

Licht stotterte und flackerte. Nichts als der Atem ist der Geist.

Dieses verfallende, schöne Gesicht blickt mich an. Er berührte die Wange. Eisig. Des Todes Gestalt. Er sagte zu ihr: »Alfred Tennyson, Alfred Tennyson.« Keiner der beiden, weder der Betrachter, der sich lebend bewegte, noch der gespenstisch kalt Starrende war der, den man für Alfred Tennyson zu halten pflegte. »Alfred Tennyson, Alfred Tennyson, Alfred Tennyson«, sagte er und schneller, aufgeregter: »Alfred Tennyson, Alfred Tennyson«, und mit jedem Nennen dieses Nichts, dieser zusammenhanglosen und so schrecklich kurzen Verkettung von Nerven und Geist, vernichtete er beide. Von Mitleid mit seiner weißen Kehle ergriffen, deren Haut unschuldig war wie die eines Säuglings unter seinem Hemd, brachte er schließlich den Knopf mit hölzernen Fingern, die nicht zu seinem Körper gehörten, ins Knopfloch. Das ganze Zimmer, das Universum schlechthin, drehte sich schwindelerregend um ihn. Er wehrte sich dagegen mit ausgestreckten Armen, wobei er mit dem Ärmel die Kerze auslöschte, so daß es nach versengtem Stoff und vergossenem Wachs roch. Er wankte zum Bett und ließ sich unbeholfen hineinfallen, dessen gewahr, daß er nicht das Bewußtsein verlor, sondern sich verlor. Die Federmatratze wogte und beulte sich unter seinen Knochen, sein Hirnkasten sank in die Federn seines Kissens ein, die seufzend nachgaben. Er war ein Sack voller Knochen, getragen von einem Sack voller gerupfter Federn. Er war so leicht wie Luft, er war leicht, er war Luft. Stimmen sangen und sangen. In seiner Jugend hatte er sich vor diesem Verlust der Beherrschung fast zu Tode gefürchtet, hatte er Anfall um Anfall von Fallsucht erlitten. Erst der allzu helle Lichtschein, dann das schwindelerregende Fallen und das Geheul, so wie bei der Seele in *The Palace of Art*. 1830 hatte er ein Gedicht mit dem Titel *The Mystic* geschrieben. Er erinnerte sich an jede einzelne Zeile:

Mit Engeln sprach er, Throne zeigten sie …
Und nachts wie tags erhoben sich vor ihm
Heiter die unvergänglich beschaffnen
Erscheinungen, so fremd und vielfarbig,
Riesenhaft, ohne Form, Sinn oder Ton,
Schemengleich, aber dennoch dauerhaft,
Den Himmelsrichtungen entgegensehend:
Und auch drei Schatten, einem zugewandt,
Kühn, ehrfürchtig, drei, denen einer fehlt,
[…]
Ein Schatten in der Mitte hellen Lichts,
Der Ewigkeit Widerschein in der Zeit,
Machtvolles Bild vollkommner Seligkeit,
Grauen erweckend mit dem stillen Aug'
…
Oft hatte er im Wachen, da zugleich
Er nicht im Körper weilte, fern westen
Geist, Kraft und Willen, hatte er gehört,
Wie mitten in der Nacht die Zeit verging
Und wie dem Jüngsten Tag alles entgegenkroch.

Sophy Sheekhy sah das schreckliche Gesicht mit dem flakkernden Kerzenlicht und dem Rauch und seinen tiefen Augenhöhlen, als würde es durch ein unsichtbares Fenster in ihr Zimmer blicken. Das kalte Gewicht des Toten wurde immer schwerer, lastete so schwer auf ihr, daß sie nicht den kleinsten Muskel rühren konnte, kein Augenlid, nicht einmal mit trockener Kehle schlucken. Die ungelenke, unbeholfene Zunge fragte mühsam neben ihrem Ohr: »Was siehst du?«, und sie sah, allerdings wie durch sehr dickes Glas, wie der alte Mann in seinem Nachthemd zu seinem Bett stolperte und sich unter den Laken ausstreckte, und dann sah sie ein Gespenst wie Nebel von seiner Gestalt aufsteigen, so als würde eine weiße Larve einen Kokon spinnen. Die glänzenden Fäden des Gespinsts entstiegen dem Mund und legten sich um das

Gesicht, erst durchsichtig, dann dichter, so daß nur mehr ein kantiges Profil übrigblieb, das zusehends weicher wurde, und das Gespinst wucherte weiter, bis die ganze Gestalt in ein längliches Bündel hellglänzender Fäden eingewoben war, still und gleichzeitig schimmernd und rührig und tätig und glänzend.

»Ich kann nicht schildern, was ich sehe.«

»Es ist – so – dunkel. Ich – sehe – nichts.«

Sie spürte, wie er mit zerfallenden Fingern nach ihr griff, die wie Wurzeln, die nach Halt tasteten, in ihr Fleisch einzudringen versuchten. Sie dachte, daß sie in Trancen oft Angst verspürt hatte, aber daß solche Angst nicht mit dem zu vergleichen war, was sie jetzt empfand, Mitleid und Angst, Angst und Mitleid, die beide machten, daß das jeweils andere kaum zu ertragen war. Er wollte sich von ihrem Leben nähren, er drang mit seinem Tod in die Fibern ihrer Nerven ein. An der Oberfläche ihrer Gedanken dachte sie, daß sie nie wieder, nie wieder versuchen wollte, die Gegenwart der schrecklichen Toten herbeizurufen, und diesmal erfüllte Entsetzen auch die ruhigen, dunklen Tiefen ihres Inneren, sein Entsetzen, ihr Entsetzen, das Entsetzen ob des Herausreißens von Leben aus dem Fleisch, ob der Kraft der Liebe zu dem, was blieb, wenn kein Leben mehr war. Er wurde aufgelöst, vernichtet, und sie lag da und konnte ihn nicht mit ihren Armen zusammenhalten, konnte seine Stimme nicht mehr mit dem Ohr vernehmen, es gab kein Gesicht mehr, keine Finger mehr, nur noch eine lehmigkalte, stickige, stinkende Masse, die Sophys Mund und Nasenlöcher verklebte.

XI

Am Tag des Engels ballte sich ein gewaltiger Sturm zusammen. Mrs. Papagay und Sophy Sheekhy wanderten auf ihrem Weg die Strandpromenade entlang zwischen glänzenden, dunklen, windgekräuselten Pfützen und mattgrauen Flecken hindurch. Feuchte, schieferige Windstöße verfingen sich in ihren Röcken, und sie mußten ihre Hüte festhalten, die große Neigung zeigten, aufs Meer hinauszufliegen. Weiße Vögel stießen schreiend und gackernd herab, ließen sich lässig auf schiefergrauen, sandgesprenkelten Wellen wiegen oder stolzierten gravitätisch in den Pfützen umher. Sophy blickte auf die runzligen Klauen der kalten Vogelfüße im kalten Wasser und schauderte. Mrs. Papagay schnupperte die salzige Luft und fragte Sophy, ob sie sich nicht wohl fühle. »Sie sehen so blaß aus, meine Liebe, Ihre Haut ist ganz fahl, was mir überhaupt nicht gefällt, und Sie sind so schweigsam.«

Sophy erwiderte vorsichtig, sie fühle sich in der Tat nicht sonderlich wohl. Sie sagte beinahe im Flüsterton, wobei ihre Worte vom Wind fortgetragen wurden, sie sei sich nicht sicher, ob sie den Anstrengungen der Seance gewachsen sei. Mrs. Papagay rief tapfer: »Ich passe auf Sie auf, ich komme Ihnen zu Hilfe, sobald ich merke, daß Sie in Not geraten.« Sophy murmelte, es sei kein leichtes Unterfangen, jemandem gegen Geister zu Hilfe zu kommen. Es laste ihr auf der Seele, sagte sie, indem sie die Krempe ihres widerspenstigen Huts mit weißen Knöcheln umklammerte. »Vielleicht«, sagte sie zu Mrs. Papagay, hielt sie am Arm fest und blickte ihr ins Gesicht, hinter dem das Meer wogte, »vielleicht ist es nicht unsere *Bestimmung*, uns damit abzugeben, Kontakt zu *ihnen* herzustellen zu versuchen, Mrs. Papagay. Vielleicht versündigen wir uns damit.« Mrs. Papagay erwiderte unbeeindruckt, die Geschichte habe sie gelehrt, daß die Menschen in fast allen Gesellschaften die natürliche Neigung verspürten, mit den Toten zu sprechen. Denken Sie an Saul und die Hexe von Endor, sagte Mrs. Papagay, denken Sie an Odysseus, der Teiresias das Opferblut zum Trinken anbietet, denken Sie an die Indianer, die friedlich inmitten der Geister ihrer Ahnen leben. Spiritisten wurden immer dazu angehalten, sich die Indianer zum Beispiel zu nehmen, deren des Englischen mächtige Seelen regelmäßig Gast in so manchem britischen Salon waren, wo sie sich zwischen Sofaschonern und ausgestopften Papageien wiederfanden, deren Funktion ihnen nicht allzu klar gewesen sein dürfte. Der Umstand, daß die für gewöhnlich so gelassene Sophy mitten in einem Sturm stehen blieb, um Bedenken zu äußern, beunruhigte Mrs. Papagay sehr. Sie spähte unter Sophys Hut und sah, daß Tränen in Sophys Augen schwammen. »Meine liebe Sophy«, sagte Mrs. Papagay, »Sie sollen nie etwas tun müssen, was Ihnen widerstrebt, wovor Sie sich fürchten. Wir können unseren Lebensunterhalt mit anderen Tätigkeiten bestreiten, wir können Mieter ins Haus nehmen und Näharbeiten übernehmen. Wir wollen es in Ruhe besprechen.«

Sophy starrte durch die Tränen auf das eisengraue Wasser, auf den schaukelnden Horizont, auf den eisengrauen Himmel. Weiße Gischt, weiße Vögel, weiße Fransen vor dem grauen Hintergrund schnell dahinfliegender Wolken. Sie sagte: »Sie sind sehr gütig, und ich bin Ihnen sehr dankbar; für Ihre Güte liebe ich Sie, und es ist nicht mein Wunsch, Sie im Stich zu lassen. Jetzt, da ich darüber sprechen konnte, fürchte ich mich weniger. Ich will gerne weitermachen.«

Der Wind kreischte ihnen in den Ohren, als wolle er mit seinem Geheul die nüchterne Äußerung menschlichen Vertrauens verhöhnen. Die zwei Frauen ergriffen einander beim Arm, lehnten sich aneinander und gingen vereint durch das Sausen des Sturms in die Stadt hinein.

Im Hause herrschte eine Atmosphäre von Übellaunigkeit und Gezwungenheit, die Mrs. Papagay schon beim Eintreten nichts Gutes ahnen ließ. Mr. Hawke hatte sie seit dem unglücklichen Gespräch über Ehen im Himmel nicht wiedergesehen, und sie fürchtete, daß sein arg gezaustes Gefieder gestreichelt werden mußte, um das Mindeste zu sagen. Aber sie erkannte sogleich, daß es schlimmer stand, als sie angenommen hatte. Er saß in einer Ecke des Raums und hielt Mrs. Jesse und Mrs. Hearnshaw einen Vortrag über Swedenborgs Fähigkeit, böse Geister körperlich wahrzunehmen, indes die Geister sich in dem Glauben wiegten, ihre rauchige Düsternis und ihre fauligen Dünste seien reinste Luft und ihr scheußlicher Anblick sei schön, und sich »an *jenen* Körperteil seiner zu klammern suchten, welcher ihrem eigenen Ort im himmlischen Menschen entspricht, und voller Pein jammerten –«. Mrs. Jesse hatte er ein großes Bukett blasser Treibhausrosen mitgebracht, und das Dienstmädchen hatte die Blumen in einer silbernen Rosenschale auf die Mitte des Tischs gestellt. Die Ankunft Mrs. Papagays und Sophy Sheekhys nahm er mit nicht mehr als einem flüchtigen Nicken zur Kenntnis. Mrs. Hearnshaws Zustand verursachte ihr Übelkeit. Sie hielt ein spitzenbesetztes Taschentuch immer wieder vor den Mund und drückte die linke Hand unter der Brust an die Rippen, als hielte sie damit ihre Emotionen und das ungeborene Kind im Körper zurück. Mrs. Jesse wirkte verdrießlich und müde. Kapitän Jesse war ungewöhnlich schweigsam. Er stand im Erkerfenster, wo das reflektierte Licht der Öllampe seiner weißen Mähne einen schimmernden Strahlenkranz verlieh, und sah in die wachsende Finsternis hinaus, als gehöre er von Rechts wegen nach draußen ins Unwetter, dachte Mrs. Papagay.

In erwartungsvollem Schweigen nahmen sie rund um den Tisch Platz. Mr. Hawkes Gesicht, ohnedies rot, glänzte im Feuerschein noch röter, wie ein polierter Apfel, wie ein erboster Cherub. Er machte keine Anstalten, Mrs. Papagay das Wort zu überlassen, sondern sagte, er habe ihnen etwas Ernstes mitzuteilen, während sie ihren Geist darauf vorbereiteten, Botschaften aus der Welt der Geister und der Engel zu empfangen. Er habe, sagte er, über die verblüffend *materielle* Natur des Swedenborgschen Zeugnisses und seine Beziehung zum spiritistischen Glauben nachgedacht. Als er erstmals Swedenborgs Berichte von seinen Reisen in Himmel und Hölle las, hatte ihn die Behauptung des Weisen, er habe den Engeln im Himmel vielerlei erklärt, sehr beschäftigt. Doch warum sollte es sich nicht so verhalten haben? Ein Mann, welcher in zwei Welten zur gleichen Zeit lebte, mußte durch ebendiese Zweiseitigkeit Dinge lernen und weitergeben können, die sich kein Bewohner einer einzigen Welt träumen lassen konnte. Bis zum Besuch Swedenborgs wußten die Engel gar nicht, was die Materie war oder daß sie sich vom Geist unterschied. Erst als ein Mensch kam, der Materie und Geist und den Unterschied zwischen ihnen gleichermaßen zu erfassen vermochte, war die Erfahrung vorhanden, die zeigte, worin der Unterschied bestand. Man konnte sagen, daß Swedenborgs Besuch für die Engel eine Art wissenschaftliches *Experiment* darstellte, eine praktische Beobachtung, die für Erzengel und Engel nicht weniger nützlich war als für Chemiker, Philosophen oder Mechaniker. Letzten Endes bestand alle Weisheit aus nichts anderem als *Tatsachen*, war die Erfahrung das, was es an Göttlichstem gab. Und aus diesem Grund war der himmlische Mensch den Engeln überlegen, weil nämlich seine Natur als menschliche aufs vollendetste der doppelten Natur des Menschen entsprach, wie sie durch Materie und Geist gegeben war.

Was die materielle Natur des himmlischen Menschen betraf, galt es zu bedenken, daß die Engel im Himmel, in ehelicher Liebe vereint, männlich und weiblich waren, wie es der himmlische Mensch selbst auch war. Und wie Swedenborg so beredt bezeugt hatte, hatte der himmlische Mensch zu einem bestimmten Zeitpunkt und auf einem bestimmten unter allen bewohnten Planeten eine bestimmte menschliche Form angenommen und war zu einem irdischen Menschen geworden, *Staub aus Staub,* wie Paulus geschrieben hatte. Die Himmel waren männlich und weiblich, weil sie vom Menschen herrührten und die Menschen männlich und weiblich waren, »und Gott schuf den Menschen zu seinem Bilde, zum Bilde Gottes schuf er ihn; und schuf sie als Mann und Weib«. (Genesis I, 27). Doch Swedenborgs Lehre von der Menschlichkeit des Herrn zu kennen und zu verstehen, war besonders wichtig. Solange er Mensch geworden auf Erden wandelte, besaß der Herr sowohl die Menschengestalt, die er seiner menschlichen Mutter verdankte, als auch die ewig menschliche Gestalt, die er dem göttlichen Wesen des Vaters verdankte. Und Swedenborg lehrte, daß es dem Herrn gelang, das Menschliche, welches der Mutter entstammte, abzulegen und das Menschliche zu offenbaren, welches dem Göttlichen in ihm entstammte. Zwei Zustände kannte er auf Erden, deren einer geheißen ward Zustand der Erniedrigung oder der Demütigung und der andere Zustand der Verklärung oder der Vereinigung mit dem Göttlichen, *vulgo* dem Vater. Im Zustand der Erniedrigung weilte er, solange er Mensch war durch die Mutter; und im Zustand der Verklärung weilte er, indem er Mensch war durch den Vater. Im Zustand der Erniedrigung betete er zum Vater als zu einem anderen, im Zustand der Verklärung aber sprach er mit dem Vater wie mit sich selbst. Sein Kreuzestod war notwendig, um ihn von dem verderbten Menschsein zu befreien, das er von der Mutter erhalten hatte, damit er der Verklärung und der Vereinigung mit dem Vater teilhaftig werden konnte.

»Der erste Mensch ist von der Erde und irdisch; der andere Mensch ist vom Himmel.

Welcherlei der irdische ist, solcherlei sind auch die irdischen; und welcherlei der himmlische ist, solcherlei sind auch die himmlischen.

Und wie wir getragen haben das Bild des irdischen, so werden wir auch tragen das Bild des himmlischen.

Das sage ich aber, liebe Brüder, daß Fleisch und Blut nicht können das Reich Gottes erben; auch wird das Verwesliche nicht erben die Unverweslichkeit.

Siehe, ich sage euch ein Geheimnis: Wir werden nicht alle entschlafen, wir werden aber alle verwandelt werden; und dasselbe plötzlich, in einem Augenblick, zur Zeit der letzten Posaune. Denn es wird die Posaune schallen, und die Toten werden auferstehen unverweslich, und wir werden verwandelt werden.

Erster Brief an die Korinther, fünfzehntes Kapitel, Vers 47 bis 52«, sagte Mr. Hawke.

Das vorwiegend weibliche Publikum wahrte betretenes Schweigen; es kam ihnen vor, als seien sie persönlich und allgemein abgestraft worden, als seien sie gewogen und für zu leicht oder eher für allzu fleischlich befunden worden. Mrs. Hearnshaw verschränkte ihre Arme enger um das Gefängnis aus Walbein, das ihr wogendes Fleisch eindämmte, innerhalb dessen ihre Knochen einen Käfig um das wachsende Kind bildeten, dessen Leben so gefährdet war. Mrs. Papagay berührte das kleine Fleischpolster unter ihrem Kinn und schlug den Blick nieder, um Mr. Hawke nicht ansehen zu müssen. Sophy Sheekhy erschauerte und versteckte sich noch tiefer in ihren Kleidern. Mrs. Jesse streichelte Pugs gutmütigen, häßlichen, schnarchenden Kopf. Kapitän Jesse schnaubte und verkündete überraschend: »Da sahen die Gottessöhne, wie schön die Töchter der Menschen waren.«

Schweigen trat ein. Mr. Hawke sagte: »Entschuldigen Sie bitte – ich kann keinerlei Bezug zu unserem –«

»Mir gefällt der Klang dieser Worte, Mr. Hawke, sie erfreuen mich, sie deuten die glückliche Vereinigung des Irdischen mit dem Himmlischen an, Sie verstehen, die Schönheit der Frauen und die *Bewunderung* der Gottessöhne für diese Schönheit, in frühesten Zeiten, nicht wahr, im Paradies, wie ich annehme.«

»Das ist eine völlig falsche Auslegung, Kapitän Jesse. Völlig falsch. Alle maßgeblichen Forscher stimmen darin überein, daß die sogenannten Gottessöhne die *gefallenen Engel* sind, die der Verderbnis anheimfielen, weil es sie nach irdischer Schönheit gelüstete, wie es auch manchen Engeln widerfahren kann, was Swedenborg uns berichtet hat. Selbst Paulus warnt in einem äußerst interessanten Text vor dem übermäßig großen Wunsch der Engel nach weiblicher Körperlichkeit, wie Sie gleich sehen werden. Er fordert, daß Frauen beim Gebet den Kopf bedecken sollen, weil nämlich Christus eines jeden Mannes Haupt ist, der Mann aber des Weibes Haupt ist, so daß der Mann, wie Paulus sagt, sein Haupt nicht bedecken soll, da er Gottes Bild und Abglanz ist, während die Frau des Mannes Abglanz ist.

Denn der Mann ist nicht vom Weibe, sondern das Weib ist vom Manne.

Und der Mann ist nicht geschaffen um des Weibes willen, sondern das Weib um des Mannes willen.

Und weiter sagt er«, rief Mr. Hawke aufgeregt, »›*Darum soll die Frau eine Macht auf dem Haupte haben um der Engel willen.*‹ Dies nun mag schwer zu verstehen sein, aber man ist der Meinung, daß es in Zusammenhang mit der Versuchung steht, der Engel angesichts betender Gläubiger ausgesetzt sind – jene Engel, welche nur teilweise in Besitz ihrer *geistigen* Natur sind –«

»Und Sie wollen damit sagen, daß die kunstvollen Erzeugnisse der Putzmacher auf den Köpfen unserer feinen Damen, all die gemordeten Paradiesvögel und Reiher, Papageien und Straußen, Blauhäher und schneeweißen Tauben, *Macht auf dem Haupte* sind, um den Gelüsten von Engeln zu wehren, Mr. Hawke?« fragte Mrs. Jesse. »Macht bedeuten sie, die

Türme und Zinnen aus armen toten Kreaturen, die erschrekken sollen wie die Masken und Umhänge der Wilden, die Macht des Geldes, das Schiffe übers Meer schickt, um unschuldige Lebewesen hinzuschlachten, damit sie Doppelkinne krönen und wie tragbare Taubenschläge in der leichten Brise geselligen Geplauders flattern.«

»Der heilige Paulus besaß keinerlei Kenntnis von solchen Dingen, Mrs. Jesse. Er hat sich gegen weibliche Eitelkeit und männliche Wollust ausgesprochen und hat gezeigt, daß derlei nichts Nebensächliches ist, sondern Teil der Beschaffenheit aller Dinge, wozu himmlische ebenso wie höllische Wesen gehören, wie unser großer Prophet Swedenborg so deutlich bewiesen hat. Die weibliche Eitelkeit war ihm in allen Formen zuwider, und dies würde zweifellos unsere heutige Putzmacherei in vielen Ausprägungen betreffen, wie Sie sagten.«

»Er hat gesagt«, mischte Kapitän Jesse sich ein, »daß es der Frau eine Ehre ist, wenn sie langes Haar hat.«

»Das hat er, und weiter hat er gesagt, so lautet der Vers: ›Das Haar ist ihr zum Schleier gegeben.‹ Die Frau soll sich *bedecken*«, rief Mr. Hawke.

»Als wir heirateten«, sagte Kapitän Jesse, »reichte Emilys Haar ihr bis unter die Taille, lauter Locken, ich weiß es noch. Ich dachte, wie schön es war. Es *war* schön.«

»Es ist den Weg allen Fleisches gegangen«, sagte seine Frau obenhin und berührte die silbrigen Fittiche links und rechts von ihrem Gesicht.

»Nur verändert«, sagte Kapitän Jesse. »Nicht gerade innerhalb eines Augenzwinkerns, obwohl es so erscheinen kann, die Jahre rasen vorbei, und wo sind wir geblieben, die Zeit fliegt mit gefiederten Füßen vorbei, und wir sind andere geworden.«

»Sie sprechen leichtfertig von großen Mysterien«, sagte Mr. Hawke.

»Und Sie wollen uns streng behandeln«, sagte Mrs. Jesse,

»als wären wir Schäflein in der Kirche, was wir nicht sind, auch wenn wir uns um eines ernsten Zwecks willen versammelt haben. Und ich bin der Ansicht, wir sollten diese Diskussion beenden und Mrs. Papagay bitten, uns zu beruhigen und unsere Herzen für die Botschaften zu öffnen, die jene, welche geliebt werden und von uns gegangen sind, uns mitzuteilen wünschen können. Meinen Sie, ein wenig Gesang wäre das richtige, Mrs. Papagay?«

»Mir scheint, daß die Atmosphäre ein wenig zu *elektrisch* ist, Mrs. Jesse. Ich spüre viel Energie böswilliger und übelwollender Geister, was gefährlich sein kann. Ich glaube, wir sollten einander bei den Händen fassen und um Frieden beten.«

Sie hielt Mr. Hawke zur Linken und Mrs. Jesse zur Rechten die Hände hin. Sophy war es gelungen, sich zwischen Mrs. Jesse und Kapitän Jesse zu schmuggeln. Sie hätte es nicht ertragen, ihre Finger Mr. Hawkes Zornesglut auszusetzen. Mrs. Hearnshaw saß zwischen Kapitän Jesse und Mr. Hawke. Mrs. Papagay spürte, wie große Wellen dumpfer roter Hitze, kochender Hitze in schwarzem Tuch, von Mr. Hawke ausgingen. Sie warf sich vor, ganz verdreht zu sein, denn es gelang ihr nicht, die Gefühle der einzelnen zu sammeln und zu erkennen, wie es sonst ihre Art war. Statt dessen *dachte* sie, wie um sich zu schützen, sie war distanziert, und wenn sie nachdachte, war es um die Seance geschehen. Die Gedanken waren recht interessant, darüber, wie spirituelle Kämpfe sogar in ruhigen Salons am Meer mit Kaminfeuer wüten konnten, von Bibelzitaten angestachelt, die wie Pfeile durch die Luft flogen, Kämpfe aus Wörtern, die für *Dinge* standen, für Haare, Gefieder, Engel, Mann, Frau, Gott. Zwischen Mr. Hawke und Kapitän Jesse hatte eine Art Kräftemessen mittels Worten stattgefunden. Die Wörter waren beinahe Dinge, insofern sie beim Sprechen einen Haarschopf gesehen hatte, einen Hut, einen Männerkörper mit Flügeln, den Begierde verzehrte, und sie waren keine Dinge, verglichen mit der

Dinglichkeit ihres Wissens um die Herzensnot Mrs. Hearnshaws oder der ihres Nachempfindens der spirituellen Verwüstung in Sophy, deren Ursache sie nicht wußte, das Wesen mit den vielen Augen von letzter Woche, dachte sie, konnte es nicht gewesen sein. Sophys Zustand war verwunderlich. Sie richtete ihre Aufmerksamkeit auf Mrs. Jesse, die sie ebenfalls mit Verwunderung erfüllte, die einiges über die Botschaften von letzter Woche gewußt hatte, was sie für sich behalten hatte, davon war Mrs. Papagay überzeugt. Mrs. Jesse hatte ihr ihre Hand entzogen und machte sich am Lederriemen um Aarons Füße zu schaffen. Sie ließ den großen Vogel frei und massierte seine schwarze Haut mit den Fingern, als er auf der Tischkante stand, sich bückte und mit dem Gefieder raschelte. Dann machte er ein Paar Schritte auf Mr. Hawke zu, legte den Kopf schief und starrte ihn aus einem tintenschwarz glitzernden Auge an. Mr. Hawke öffnete den Mund, um etwas zu sagen, und besann sich eines besseren. Aaron legte den Schnabel an die Brust, zog die Schultern hoch und schien einzuschlafen. Kräfte erfüllten den Raum, zornige und sehnsuchtsvolle, untröstliche und verliebte, und ihre Bewegung umbrandete und umsäuselte die über den Tisch geneigten Köpfe.

Die Stille verdichtete sich. Ein Blütenblatt fiel auf den Tisch. Ein unvermuteter Regenschauer prasselte gegen das Fenster – Kapitän Jesse wendete seinen mächtigen Kopf, um nach dem Wetter zu sehen. Mrs. Papagay schlug vor, es mit dem automatischen Schreiben zu versuchen. Sie nahm ein Blatt Papier – sie wollte Sophy schonen. Sie wartete. Nach einem Augenblick schrieb der Stift zuversichtlich:

Selig sind, die da Leid tragen;
denn SIE SOLLEN GETRÖSTET WERDEN.

»Ist jemand da?« fragte Mr. Hawke. »Eine Botschaft für jemand Bestimmten?«

Er kommt nicht, nein, sprach sie.

»Wer kommt nicht?« fragte Mr. Hawke.

»Arthur«, sagte Mrs. Jesse mit einem leisen Seufzer. »Ich bin sicher, daß damit Arthur gemeint ist.«

Der Stift schrieb schnell.

Doch wer der Liebe sich verschließt, dem wird
Sie sich verschließen, und vor ihrer Tür
Wird heulen er im Finstern.

Das Wort »heulen« schien dem Stift zu gefallen, denn er spielte mit ihm, wiederholte es mehrmals – »heulen, heulen, heulen«, und dann schrieb er:

Was Phantasie wild schwärmend, zügellos,
Heulend erfindet: das ist zu entsetzlich! –

»Ein poetisch gesinnter Geist«, sagte Mr. Hawke.

»Die zwei ersten sind von Alfred«, sagte Mrs. Jesse. »Vielleicht hat der Stift sie, wenn man es so nennen will, aus meinen Gedanken *gefischt*. Das letzte Zitat stammt aus *Maß für Maß*, es betrifft das Schicksal der Seele nach dem Tod, und Alfred war von dieser Stelle sehr beeindruckt, wie wir alle. Ich kann mir nicht denken, wer diese Dinge sagt.«

Trost wird gewährt werden.
Alle Tränen werden getrocknet.
Der Bräutigam nahet. Ihr wißt weder Tag
noch Stunde seines Kommens.
Entzündet die Lampe.

»Wer sagt uns diese Dinge?« fragte Mrs. Jesse.

»Nein, *o nein*«, sagte Sophy Sheekhy mit erstickter Stimme.

»Sophy!« rief Mrs. Papagay.

Sophy spürte kalte Hände um ihren Hals, kalte Finger auf ihren warmen Lippen. Die Haut auf ihrem Schädel, an den Fingern und unter dem Walbeinkorsett erschauerte. Sie zitterte und schwankte. Sie fiel entsetzt mit offenem Mund in ihren Stuhl zurück und sah etwas oder jemanden im Erkerfenster stehen. Es war größer als ein Mensch, aber weniger eindeutig, eine Art Rauchsäule oder Feuer- oder Wolkensäule von nicht unbedingt menschlicher Form. Es war nicht der tote junge Mann, für den sie solches Mitleid empfunden hatte, es war ein lebendes Wesen mit drei Flügeln, die alle drei schlaff zu einer Seite herabhingen. Auf dieser, der geflügelten Seite, war das Wesen mattgolden und hatte das Antlitz eines Raubvogels, würdevoll, goldäugig, mit gefiederter Brust, mit heißen Metallpartikeln übersät. Seine andere Seite, die im Schatten lag, war grau wie nasser Lehm und formlos, ihr entragten Stümpfe, die keine Arme waren, und dort bewegte sich, was kein Mund war, in leisem Flüstern. Das Wesen sprach mit zwei Stimmen, einer musikalischen und einer papieren quietschenden. »Sag ihr, daß ich warte.«

»Wem?« fragte Sophy mit leiser Stimme, die alle hörten.

»Emilia. Ewige Seligkeit ist mein. Sag es ihr. Wir werden vereint und ein Engel sein.«

Es war voll Hunger nach dem Leben der Lebenden im Raum.

»Sophy«, sagte Mrs. Papagay, »was sehen Sie?«

»Goldene Flügel«, sagte Sophy. »Es sagt: ›Ich warte.‹ Es sagt, ich soll Ihnen sagen: ›Ewige Seligkeit ist mein.‹ Es sagt, ich soll Emily – Mrs. Jesse – sagen, daß sie vereinigt werden, daß sie ein Engel sein werden. Im Jenseits.«

Emily Jesse seufzte laut. Sie ließ Sophys kalte Hand los und löste Sophys andere Hand aus der ihres Mannes, so daß sie den Kreis durchbrach. Sophy lag leblos da wie ein Gefangener vor dem Inquisitor und starrte den halben Engel an, den außer ihr niemand sah, dessen Gegenwart außer ihr niemand wirklich spürte, und Emily Jesse legte ihre Hand in die ihres Mannes.

»Ja, Richard«, sagte sie, »wir haben uns vielleicht nicht immer so gut vertragen, wie es richtig gewesen wäre, und unsere Ehe war vielleicht nicht die glücklichste der Welt, aber *das* halte ich für ein überaus ungerechtes Verfahren, und ich will nichts damit zu tun haben. Wir haben schlechte Zeiten miteinander im Diesseits durchlebt, und ich halte es für die selbstverständlichste Sache der Welt, daß wir die guten Zeiten im Jenseits miteinander teilen, so es sie denn geben wird.«

Richard ergriff ihre Hand und sah auf die Hand.

»Aber, Emily«, sagte er. »Aber, Emily –«

»Seit wann bist du so mundfaul?« sagte seine Frau.

»Nein, nein, das bin ich nicht. Es ist nur, weil – ich hatte gedacht – ich dachte, du wartetest – auf irgendeine derartige Botschaft. Ich hätte nie erwartet, daß du – daß du etwas sagen würdest wie das, was du eben gesagt hast.«

»Vielleicht hast du andere Vorstellungen«, sagte Mrs. Jesse.

»Du weißt, daß es sich nicht so verhält. Ich habe mich bemüht, Verständnis zu zeigen, geduldig zu sein, Respekt zu empfinden –«

»Zu sehr, du hast dich zu sehr bemüht, wir haben beide –«

Kapitän Jesse schüttelte den Kopf wie ein Schwimmer, der aus dem Wasser auftauchte.

»Aber all diese Seancen hindurch hatte ich den Eindruck, daß du *warten* würdest –«

»Ich liebe ihn«, sagte Emily. »Aber es ist nicht leicht, die Toten zu lieben. Es ist schwer, die Toten genug zu lieben.«

Dieser Wortwechsel machte Mrs. Papagay über alle Maßen glücklich. Wer hätte das gedacht, sagte sie zu sich selbst, und doch, wie *richtig*, erst als der Engel ihr mit dem Verlust ihres Ehemannes drohte, des Mannes, der ihr zur Selbstverständlichkeit geworden war, erkannte sie ihn wirklich, sah sie ihn als möglichen Verlust, als etwas, was verschwinden konnte, und war gezwungen, sich ein Leben ohne ihn vorzustellen.

Sie wußte, daß sie ihrer Phantasie freien Lauf ließ, aber etwas wie überschäumendes Entzücken erfüllte sie beim Anblick der spöttischen und zugleich erstaunten Blicke, die die zwei alten Menschen austauschten, von denen man hätte meinen können, sie hätten keinerlei Geheimnisse voreinander, und doch hatten sie dieses große Geheimnis gehabt. Wie überaus interessant, sagte Mrs. Papagay zu sich selbst und wurde durch ein ersticktes Stöhnen Sophys geweckt; Sophy nahm eine schreckliche Farbe an, grau und bläulich zugleich, und ihre Lippen bewegten sich wie benommen. Sie schnaufte, sie rang verzweifelt nach Luft, als würde das Leben aus ihr gesaugt. Mrs. Papagay stand leise auf und ging zu ihr und legte die eigenen warmen Hände auf Sophys eisige Schläfen. Sophys zierliche Absätze trommelten auf den Teppich ein, ihr Rücken bog und wand sich. Ihre Augen waren blicklos geöffnet. Nie zuvor war ihr etwas ähnlich Erschreckendes widerfahren. Mrs. Papagay versuchte, Liebe und Halt, *Festhalten*, durch ihre Finger auszustrahlen. Sophy war gefangen in der Präsenz des Absenten, des Absenten, das aus nassem Lehm und dem Staub bestand, der von matten Federn fiel. Sophy spürte, wie das Fremde schwächer wurde, wie es seinen schrecklichen, keuchenden Seufzer in ihrer Kehle seufzte, sah, wie es sich zersetzte, unheilvoll, sehnsuchtsvoll, in den bestirnten Dämmer einging, der aufschäumte, aufkochte, zischte und wieder zu schwarzer Flüssigkeit wurde. Sie wandte ihren Kopf Kapitän Jesse zu und sah, daß sein Albatros die Flügel ausbreitete, die großen, ungehinderten Schwingen, und mit goldgerändertem Auge schaute.

»Sophy«, sagte Mrs. Papagay.

»Jetzt«, sagte Sophy, »geht es mir wieder gut.«

Mrs. Papagay fand, es sei am besten, die Seance mit ein paar eher erhebenden schriftlichen Botschaften zu beenden. Es war immer wieder überraschend zu sehen, wie die Lebenden in Gegenwart der Toten das Hauptaugenmerk auf ihre Sorgen als Lebende richteten, ob groß oder gering. Niemand außer ihr hatte sich durch Sophys Befindlichkeit aus der Ruhe bringen lassen. Niemand hatte um Sophy gefürchtet. Als *wüßten* alle, daß Sophy Theater spielte, dachte Mrs. Papagay, obwohl sie auch alle den Glauben daran benötigten, daß sie nicht spielte; sie glaubten das, was ihnen gerade zupaß kam, dies oder jenes, dachte sie, und hielten so die Dunkelheit, die wilde, gefährliche Dunkelheit, von sich fern. Sie wußte, daß Sophy sich nicht verstellte, aber sie konnte nicht sehen, was Sophy sah. Hinterher dachte sie, sie müsse wahnsinnig gewesen sein, nicht zu wissen, daß die Kräfte im Raum ungezähmt und gefährlich sein konnten, aber zu jenem Zeitpunkt war sie wie die anderen und hielt alles für ein Salonspiel in gewisser Hinsicht, für eine Art allgemeinen Geschichtenerzählens oder Scharadenaufführens, selbst als sie Sophys todeskalte Hände hielt. Desungeachtet zog sie automatisch das Papier zu sich her, ergriff den Stift, der sich in ihrer Hand lebhaft aufbäumte und wie besessen das Papier mit einer erstaunlich klaren und sicheren Handschrift bedeckte.

Der ehelichen Liebe Pfand,
Ist es versteinert, ist es tot,
Daß es so schaurig-schrecklich droht,
Bemoost und steinern, unverwandt?

Im Abgrund fischt der Heilig Geist
Mit Sophy an der Angelschnur,
Voll Gier bewundert von der Schar
Der Gottessöhne, lustentgleist.

Homo maximus wirft die Schnur
Mit Sophy, die als Köder dient,
Zu locken göttliches Gebein
Am Rande himmlischer Kolur.

Blüten fallen aus totem Haar,
Das in der Gruft den Duft verströmt,
Den man Verwesungsgeruch nennt,
Höllengestank, Nasennachtmahr.

Ist denn mein Schatz der Antichrist,
Der war, nicht ist und dennoch ist,
Dem man die roten Male küßt,
Der weltliche Naturen frißt –

O Rosamund, zuchtlose Ros',
Liegst nun in deinem Grab und stinkst,
Und Alfreds Tränen werden Tint'
Und tropfen in dein *quelque-chose.*

Der Engel goldne Flügel hebt,
Gar herrlich steht sein goldner Schaft,
Und Mann und Frau voll Leidenschaft
Ein Korpus sind, der seufzt und bebt.

»Haltet ein«, rief Mr. Hawke, »ein böser Geist weilt unter uns. Das sind schmutzige Phantasien, die wir nicht länger mitansehen dürfen. Machen Sie Licht, Mrs. Papagay, *halten Sie ein*, wir müssen stark sein.«

Von seiner zornigen Stimme aufgeschreckt, hüpfte Aaron seitwärts über den Tisch, stieß die Rosenvase um und flatterte auf den Kaminsims, nicht ohne einen dunklen, weißgeränderten Fleck auf der Tischdecke zu hinterlassen.

»Was mag das bedeuten?« sagte Mrs. Hearnshaw, die die Botschaft las. »Was mag das nur bedeuten?«

»Es ist obszön«, sagte Mr. Hawke. »Es ist nicht für die Augen von Damen geeignet. Ich bin überzeugt, daß es die Botschaft eines bösen Geistes ist, der wir kein Gehör schenken dürfen.«

Aaron krächzte laut, möglicherweise zustimmend, so daß

alle zusammenfuhren. Und Pug, der sich im Schlaf bewegte, ließ eine Reihe leise knallender Fürze los, begleitet von aufdringlichem Verwesungsduft. Emily Jesse, deren zusammengepreßte Lippen blutleer waren, ergriff das anstößige Blatt Papier und trug es zum Kaminfeuer, in das sie es fallen ließ. Es kräuselte sich, knisterte, wurde braun, dann schwarz und flog auf aschenen Schwingen in den Schornstein davon. Mrs. Papagay, die Mrs. Jesse beobachtete, wußte, daß dies ihre letzte Seance in diesem Haus war, daß etwas wirklich Bemerkenswertes eingetreten war und daß aus ebendiesem Grund keine weiteren Versuche unternommen werden würden. Sie bedauerte es und bedauerte es gleichzeitig nicht. Nachdem Mr. Hawke sich polternd allein verabschiedet hatte und Mrs. Hearnshaw in ihre Droschke gestiegen war, machte Mrs. Jesse Tee für Mrs. Papagay und Sophy und sagte, sie sei zu der Ansicht gelangt, es sei besser, in nächster Zeit keine weiteren Sitzungen zu veranstalten. »*Irgend etwas* treibt seinen Spott mit mancherlei, was mir teuer ist, und ich bin es nicht, Mrs. Papagay, aber es kann gar niemand anders sein, und ich muß gestehen, daß es mich nicht danach gelüstet, dies näher zu ergründen. Meinen Sie, es fehlt mir an Mut?«

»Ich meine, daß Sie sehr weise handeln, Mrs. Jesse. Ich glaube, Ihr Entschluß ist ein weiser Entschluß.«

»Das tröstet mich.«

Sie schenkte Tee ein. Die Öllampen warfen warmes Licht auf das Tablett. Die Teekanne aus Porzellan war mit kleinen Rosen bemalt, karmesinrot und zartrosa, mit Vergißmeinnicht, und die gleichen Blumen prangten als Girlanden auf den Tassen. Es gab Biskuits mit Zuckerglasur, verziert mit cremefarbenen, blaßvioletten und schneeweißen Zuckerblüten. Sophy Sheekhy betrachtete den topasbraunen Strom, der sich dampfend und duftend aus der Tülle ergoß. Auch das war ein Wunder, daß goldenhäutige Menschen in China und bronzehäutige Menschen in Indien Blätter sammelten, die in weißbeflügelten Schiffen sicher übers Meer gelangten, in bleiernen und hölzernen Behältnissen untergebracht, durch Stürme und Wirbelwinde, Sonnenhitze und Mondeskälte, und hierher gelangten, wo sie aus einer Porzellankanne ausgeschenkt wurden, die aus feinem Ton bestand, der in Manufakturen von geschickten Händen geknetet, in Brennöfen gebrannt, mit naßglänzendem Ton glasiert, wiederum gebrannt und von Künstlerhänden mit Rosenknospen bemalt wurde, von Händen, die behutsam die Töpferscheibe drehten und dabei die feinen, feinen Pinselhaare wie in einem Kuß aufsetzten und zarte Knospen auf azurblauen oder mattweißen Grund zauberten, und daß der Zucker von dort kam, wo schwarze Männer und Frauen als Sklaven zu Tode geschunden wurden, damit diese köstlichen Blüten entstehen konnten, die auf der Zunge zergingen wie einst die Schriftrollen im Munde des Propheten Jesaja, daß Mehl gemahlen wurde und Milch zu Butter gewalkt und beides miteinander zu diesen Augenblickskostlichkeiten verarbeitet wurde, die in Mrs. Jesses Ofen gebacken und auf einem Teller elegant übereinandergeschichtet wurden, um Kapitän Jesse mit seiner wollweißen Mähne und den lächelnden Augen, Mrs. Papagay, der die Aufregung Farbe verliehen hatte, der kränklichen Sophy, dem schwarzen Vogel und dem sabbernden Pug vor den heißen Kohlen des Feuers im milden Lampenlicht serviert zu werden. Wie leicht hätte es sein können, daß einer von ihnen sich an Tee und Zuckerplätzchen nicht laben konnte. Stürme und Eisschollen hätten Kapitän Jesse ins Jenseits befördern können, Kummer oder Kindbettfieber seine Frau dahinraffen, Mrs. Papagay hätte in Armut geraten und sie selbst als überarbeitetes Dienstmädchen sterben können, doch statt dessen saßen sie mit glänzenden Augen beisammen und kosteten die herrlichen Genüsse.

XII

Und als sie schließlich gingen, traten sie im Wortsinn in die Finsternis. Es war eisigkalt und windig, Windstöße, die salziges Naß mit sich führten, und das Geräusch des Wassers war fern und nah zugleich zu hören. Dennoch beschlossen sie, zu Fuß den Heimweg anzutreten, denn sie überlegten bereits, wie sich Geld sparen ließ. Wenn Mrs. Jesse keine Seancen mehr abhalten wollte und Mr. Hawke verärgert und feindselig war, was sollte dann aus ihnen werden? Sie eilten der Strandpromenade entgegen, vom Wind geschoben, und hielten die geöffneten Schirme als Bollwerk vor sich. Nach einer Weile zupfte Sophy Mrs. Papagay am Ärmel und versuchte ihr leise etwas ins Ohr zu sagen.

»Ich glaube, irgend jemand folgt uns. Seit wir Mrs. Jesses Haus verließen, waren Schritte hinter uns.«

»Ich glaube, Sie haben recht. Und nun, da wir stehen bleiben, verharren die Schritte ebenfalls. Es ist nur eine Person.«

»Ich fürchte mich.«

»Das tue ich auch. Mir scheint jedoch, wir täten am besten daran, unseren Verfolger hier unter der Gaslaterne zu erwarten und zu sehen, ob er friedlich vorbeigeht; andernfalls werden wir ihn fragen, was er von uns will. Wir sind zu zweit, er ist nur einer. Solange man uns verfolgt, sollten wir das Gewirr von Gäßchen hinter dem Fischmarkt nicht betreten. Können Sie tapfer sein, Sophy?«

»Nein. Aber er ist nur ein Mensch aus Fleisch und Blut.«

»In dem ein *lebender* Geist weilt, meine Teure, was auch gefährlich sein kann.«

»Ich weiß. Im Augenblick fürchte ich jedoch die Toten weit mehr. Warten wir ihn ab. Vielleicht geht er vorbei.«

Sie blieben stehen, und die Schritte, die ihnen gefolgt waren, verharrten erst und kamen dann langsamer und zögernd näher. Sie warteten unter der Laterne und umklammerten die Griffe ihrer Regenschirme. Die Schritte näherten sich, und dann sah man, daß es die Schritte einer abgerissenen Gestalt in einem formlosen Überzieher und mit einer dunklen Kappe auf dem Kopf waren. Als der Mann sie erreichte, blieb er stocksteif stehen und sah sie an.

»Warum folgen Sie uns?« fragte Mrs. Papagay.

»Ach«, sagte der Fremde, »du bist es wirklich. Ich war mir in der Dunkelheit nicht ganz sicher, aber jetzt sehe ich, daß du es bist, natürlich. Ich war zuerst bei dir zu Hause, aber dort war alles dunkel und versperrt, und die Frau im Nachbarhaus sagte, du würdest diesen Weg kommen – und deshalb bin ich losmarschiert – da es auf der Treppe vor dem Haus kalt und naß war – und mein Bedarf an Kälte und Nässe für diese und die nächste Welt gedeckt ist. Erkennst du mich nicht, Lilias?«

»Arturo«, sagte Mrs. Papagay.

»Zweimal schiffbrüchig«, sagte er stockend. »Einmal von der Route abgekommen. Hast du meine Briefe denn nicht bekommen – wußtest du nicht, daß ich auf der Heimreise war?«

Mrs. Papagay schüttelte den Kopf. Sie fürchtete, die Fassung zu verlieren. Ihre Nerven schmerzten, ihr Kopf dröhnte, sie war so benommen wie eine Kuh im Schlachthaus.

»Ich muß dich furchtbar erschreckt haben«, sagte Kapitän Papagay. »Ich hätte auf der Treppe auf dich warten sollen.«

Mrs. Papagay gelangte an den Rand des Grabes und eilte auf den Schwingen des Windes zurück. Leben strömte in ihr Herz und in ihre Lungen, sie stieß einen lauten, gellenden Schrei aus: »Arturo, Arturo« und warf ihren Regenschirm fort, den der Wind ergriff und wie eine große Löwenzahnblüte die Straße hinunter entführte. »Arturo«, rief Mrs. Papagay. Und sie sprang ihm entgegen, so daß sie schwer auf das nasse Straßenpflaster gestürzt wäre, wenn er nicht da gewesen wäre, um sie aufzufangen. Doch er war da, und Mrs. Papagay wurde von seinen Armen umfangen, und er öffnete den Überzieher und zog sie an sich, und sie roch seinen lebendigen Geruch, Salz und Tabak und sein Haar und seine Haut, anders als jedes andere Haar und jede andere Haut der ganzen Welt, einen Geruch, den sie am Leben erhalten hatte, als es vernünftiger scheinen mußte, ihn in ihrer Nase ersterben zu lassen. Und er vergrub sein Gesicht in ihrem Haar, und sie legte ihre leeren Arme um seine Fülle, mager, aber lebendig, sie erinnerte sich an seine Schulter, an seine Rippen, seine Lenden und rief »Arturo« in seinen Mantel und in den Wind.

Und Sophy Sheekhy stand unter der Laterne und sah zu, wie die beiden immer mehr zu einer Person verschmolzen, indem sie einander berührten und umklammerten und liebkosten. Und sie dachte an all jene auf der Welt, deren leere Arme schmerzlich danach verlangen, die Toten zu umfassen, und daran, wie in Märchen und ganz selten auch in der nüchternen Wirklichkeit Kälte und Meer zurückgeben, was sie verschlungen haben oder verschlungen zu haben scheinen, und diese Vereinigung in Wind und Dunkelheit fügte sich für sie mit der Erinnerung an den Kamin der Jesses und das Wunder des Tees zu einem harmonischen Ganzen. Ein Leben im Tod, dachte Sophy Sheekhy und wandte sich diskret von Mrs. Papagays ungezügeltem Entzücken dem Tintenschwarz von Meer und Himmel jenseits des Laternenlichts zu.

Danksagung

Ich möchte mich bei allen bedanken, die mir sowohl in praktischer als auch in bibliographischer Hinsicht geholfen haben. Ursula Owen und David Miller haben mir Bücher geliehen. Meine französischen Verleger Marc und Christiane Kopylov haben in Paris Antiquariate für mich durchstöbert. Lisa Appignanesi hat mir Swedenborgs gesamte *Arcana Coelestia* geliehen. Gillian Beer und Jenny Uglow machten mir gezielte Lektürevorschläge.

Jedermann, der sich für A. H. Hallam interessiert, ist T. H. Vail Motter, dem Herausgeber von *The Writings of Arthur H. Hallam*, und Jack Kolb, dem Herausgeber seiner Briefe, zu großem Dank verpflichtet. Christopher Rocks Ausgabe von Tennysons Gesammelten Werken ist eine stetige Inspirationsquelle. Alex Owens Buch *The Darkened Room* ist eine ausgezeichnete Untersuchung weiblicher Medien im 19. Jahrhundert. Und es war mir ein Vergnügen, aus der Lektüre von Michael Wheelers *Death and the Future Life in Victorian Literature and Theology* so manches zu lernen.

Das Gedicht *Der Rabe* ist in der Übersetzung von Hans Wollschläger zitiert, Swedenborgs Worte sind nach der Übersetzung oder Bearbeitung von Dr. Gerhard Gollwitzer zitiert.

Zuletzt möchte ich sagen, daß dieses Buch ohne die London Library niemals hätte geschrieben werden können.

A.S.B.

Englische Literatur
in der edition suhrkamp und
in den suhrkamp taschenbüchern

Susanne Amrain: So geheim und vertraut. Virginia Woolf und Vita Sackville-West. Erstausgabe. st 2292

James Graham Ballard: Hochhaus. Roman. Aus dem Amerikanischen von Michael Koseler. st 1559

Samuel Beckett: Gesammelte Werke in Einzelbänden. Elf Bände in Kassette. st 2401-2411

– Endspiel. Fin de partie. Endgame. Deutsche Übertragung von Elmar Tophoven. Französische Originalfassung. Englische Übertragung von Samuel Beckett. st 171

– Glückliche Tage. Happy Days. Oh les beaux jours. Deutsche Übertragung von Erika und Elmar Tophoven. Englische Originalfassung. Französische Übertragung von Samuel Beckett. st 248

– Das Letzte Band. La dernière bande. Krapp's Last Tape. Deutsche Übertragung von Erika und Elmar Tophoven. Englische Originalfassung. Französische Übertragung von Samuel Beckett. Mit Szenenphotos. st 200

– Murphy. Roman. Aus dem Englischen von Elmar Tophoven. st 2403

– Der Namenlose. Roman. Übertragen von Elmar Tophoven, Erika Tophoven und Erich Franzen. st 536

– Warten auf Godot. En attendant Godot. Waiting for Godot. Deutsche Übertragung von Elmar Tophoven. Vorwort von Joachim Kaiser. st 1

– Watt. Roman. Aus dem Englischen von Elmar Tophoven. st 46 und st 2404

– Wie es ist. Deutsch von Elmar Tophoven. st 1262

E. F. Benson: Der Mann, der zu weit ging. Gespenstergeschichten. Aus dem Englischen von Michael Koseler. st 2305

Algernon Blackwood: Rächendes Feuer. Phantastische Erzählungen. Ausgewählt von Kalju Kirde. Aus dem Englischen von Friedrich Polakovicz. Erstausgabe. st 2227

Edward Bond: Jackets oder Die geheime Hand. Deutsch von Brigitte Landes. September. Deutsch von Manfred Weiß. Notizen zur Postmoderne. Essay. Deutsch von Brigitte Landes. es 1970

– Männergesellschaft (In the Company of Men). Ein Drama. Aus dem Englischen von Brigitte Landes. es 1913

Charlotte Brontë: Jane Eyre. Eine Autobiographie. Aus dem Englischen von Helmut Kossodo. Mit einem Essay und einer Bibliographie herausgegeben von Norbert Kohl. st 2342

Antonia S. Byatt: Besessen. Roman. Aus dem Englischen von Melanie Walz. st 2376

115/1/7.95

Englische Literatur
in der edition suhrkamp und
in den suhrkamp taschenbüchern

Antonia S. Byatt: Die Verwandlung des Schmetterlings (Morpho Eugenia). Roman. Aus dem Englischen von Melanie Walz. st 2503

T.S. Eliot: Werke. Band 1: Die Dramen. Sweeney. Agonistes. Mord im Dom. Der Familientag. Die Cocktail Party. Der Privatsekretär. Ein verdienter Staatsmann. st 1561

– Werke. Band 4. Gesammelte Gedichte 1909-1962. Herausgegeben und mit einem Nachwort versehen von Eva Hesse. Zweisprachig. 2., revidierte Auflage mit einem neuen Nachwort. st 1567

Michael Ignatieff: Asja. Roman. Aus dem Englischen von Werner Schmitz. st 2332

Robert Irwin: Der arabische Nachtmahr oder die Geschichte der 1002. Nacht. Roman. Übersetzt und vorgestellt von Annemarie Schimmel. st 2266

James Joyce: Werkausgabe in sechs Bänden. es 1434-1439

Band 1: Dubliner. Übersetzt von Dieter E. Zimmer. es 1434

Band 2: Stephen der Held. Ein Porträt des Künstlers als junger Mann. Übersetzt von Klaus Rechert. es 1435

Band 3: Ulysses. Aus dem Englischen von Hans Wollschläger. es 1100

Band 4: Kleine Schriften. Übersetzt von Hiltrud Marschall und Klaus Reichert. es 1437

Band 5: Gesammelte Gedichte. Anna Livia Plurabelle. Englisch und deutsch. Deutsch von Wolfgang Hildesheimer und Hans Wollschläger. es 14386

Band 6: Finnegans Wake. es 1439

– Anna Livia Plurabelle. Einführung von Klaus Reichert. Übertragen von Wolfgang Hildesheimer und Hans Wollschläger. st 751

– Briefe an Nora. Herausgegeben und mit einem Vorwort versehen von Fritz Senn. Übersetzt von Kurt Heinrich Hansen. st 1931

– Dubliner. Übersetzt von Dieter E. Zimmer. st 2454

– Finnegans Wake. Deutsch. Herausgegeben von Klaus Reichert und Fritz Senn. es 1524

– Penelope. Das letzte Kapitel des ›Ulysses‹. Englisch und deutsch. Übersetzt von Hans Wollschläger. es 1106

Stanislaus Joyce: Das Dubliner Tagebuch des Stanislaus Joyce. Herausgegeben von George Harris Healy. Deutsch von Arno Schmidt. st 1046

Joseph Sheridan Le Fanu: Geistergeschichten. Deutsch von Friedrich Polakovics. st 2509

115/2/7.95

Englische Literatur in der edition suhrkamp und in den suhrkamp taschenbüchern

Flann O'Brien: Aus Dalkeys Archiven. Roman. Aus dem Englischen von Harry Rowohlt. st 2143

– Der dritte Polizist. Roman. Aus dem Englischen von Harry Rowohlt. st 1810

– Das harte Leben. Roman. Aus dem Irischen übertragen von Annemarie Böll und Heinrich Böll. st 2196

– Irischer Lebenslauf. Eine arge Geschichte vom harten Leben. Herausgegeben von Myles na Gopaleen. Aus dem Irischen ins Englische übertragen von Patrick C. Power. Aus dem Englischen ins Deutsche übertragen von Harry Rowohlt. Illustrationen von Ralph Steadman. st 986

Bernard Shaw: Gesammelte Stücke in Einzelausgaben. 14 Bände. Herausgegeben von Ursula Michels-Wenz. st 1850-1863

Band 1: Die Häuser des Herrn Sartorius. Komödie in drei Akten. / Frau Warrens Beruf. Stück in vier Akten. Deutsch von Harald Mueller und Martin Walser. st 1850

Band 2: Helden. Candida. Deutsch von Wolfgang Hildesheimer (Helden) sowie von Annemarie Böll und Heinrich Böll (Candida). st 1851

Band 3: Der Teufelsschüler. Man kann nie wissen. Komödie in vier Akten. Deutsch von Hans Günter Michelsen und Harald Mueller. Begleittexte deutsch von Ursula Michels-Wenz. st 1852

Band 4: Cäsar und Cleopatra. Historisches Drama. Deutsch von Annemarie Böll und Heinrich Böll. Mit Begleittext des Autors. st 1853

Band 5: Mensch und Übermensch. Komödie in vier Akten. Deutsch von Annemarie Böll und Heinrich Böll. Mit dem Brief an Arthur Bingham Walkley. st 1854

Band 6: Major Barbara. Komödie in drei Akten. Deutsch von Helene Ritzerfeld. st 1855

Band 7: Des Doktors Dilemma. Eine Tragödie. Deutsch von Hans Günter Michelsen. st 1856

Band 8: Heiraten. Eine Debatte. Deutsch von Dieter Hildebrandt. st 1857

Band 9: Falsch verbunden. Komödie in drei Akten. Deutsche Erstausgabe in der Übersetzung von Alissa und Martin Walser. Mit der Vorrede des Autors »Eltern und Kinder«. st 1858

Band 10: Pygmalion. Deutsch von Harald Mueller. st 1859

115/3/7.95